무
탈
한

하
루

하루
무탈한

다정하게
스며들고
번지는
것에
대하여

강
건
모

교유서가

"

무언가에 주의를 기울이는 순간,

풀 한 포기조차 그 자체로 신비롭고 경이로우며,

형언할 수 없이 웅장한 세계가 된다.

"

_헨리 밀러, 〈Henry Miller on Writing〉(1964)에서

이야기가 된
모든 날들의 이야기

\#

저녁 일곱시, 지구에서 가장 거대한 눈이 감기는 광경을
보며 이 글을 쓰고 있습니다. 모네가 〈수련〉 연작을 그린
것도 이 시간대였다지요. 멀리 바다의 하얗고 긴 눈꺼풀
이 떨리고 있네요. 조금 전까지도 눈 시리게 푸르른 물빛
이었는데, 한순간 거뭇한 고요가 덩그러니 그 자리를 차
지해버렸습니다. 다가오는 아침을 물리지 않고 스며드는
저녁을 내몰지 않는 바다의 포용력과 겸허함에 대해 생
각합니다. 자기다움을 고집하지 않으면서 무엇에 물들어

도 여전히 바다일 수밖에 없는 바다.

　제주에 내려온 지 한 달쯤 되어 인근 박물관에 다녀온 적이 있습니다. 마침 쥐고 있던 편집 원고 하나를 턴 다음이라 홀가분하게 전시 하나를 보러 간 것이었지요. 왕부터 사대부, 평민에 이르기까지 수백 명의 사람들이 이곳에 유배를 왔다는 사실을 저는 그때 처음 알았습니다. 엉망진창이 된 삶을 끌고 도착한 누군가가 쓴 일기, 편지, 보고서 등이 유리진열대 속에서 엄숙한 기운을 뿜어내고 있었습니다. 그 앞을 느리게 걷던 저는 잠시 후 냉소와 쓸쓸함의 애호성을 내지르는 어떤 문장을 맞닥뜨렸지요.

　　"가장 괴로운 것은 조밥,

　　가장 두려운 것은 뱀류,

　　가장 슬픈 것은 파도 소리이다."

　　　　　　　　　　　　　　_이건(1614~1662), 「제주풍토기」

　사백 년 전 낯선 땅에 귀양 온 자가 맞이했을 혹독한

하루가 이 세 줄에 다 담겨 있었습니다. 가장 괴롭고 가장 두렵고 가장 슬프다고 말한 것 모두 그가 매일 보고, 매일 듣고, 매일 느끼는 거였을 텐데. 눈을 떠도 감아도 결코 사라지지 않을. 붓을 찍다가 텅 빈 눈으로 내다보았을 그의 바다가 눈앞에 철썩거렸습니다.

불길한 꿈을 꾸는 듯이 옛 시간에 머물다 와선지 문득 제가 떠나온 이것이 자발적 유배가 아닐까 생각게 되었습니다. 그러나 미리부터 겁먹을 필요는 없을 것 같았습니다. 언제 어디서든 좋고 나쁨은 계속 나를 현혹할 것이기 때문입니다. 자발적 유배 4년. 이제는 여기서의 나를 바로 보고 제대로 존재하는 것이 저의 할일이라고 여기고 있습니다.

#
이 책을 쓰면서 몇몇 분들과 '무탈한 하루'에 대해 이야기를 나눈 적이 있습니다. 제가 물었지만 실은 자문자답이라는 것을 저도 알고, 그분들도 알았지요. 누구는 무탈無頉의 한자를 그대로 풀어 아무 탈이 없는 날, 별 탈 없는 날이라고 딱 부러지게 설명했습니다. 어떤 분은 매일 보는 사람들에게 분노, 적대감 등의 부정적인 감정이 일어나지 않은 날이 그런 날이라고 대답했습니다. 또 누구는 좋아하는 그림을 그리고 꽃밭을 가꾸는 날이 무탈한 하루라며, 그 하루를 얻기 위해 수시로 청소 용역과 식당 아르바이트를 나가고 있다고 했습니다. 그런가 하면 최근 십 년 동안 우리 사회에서 벌어진 가슴 아픈 대형 참사를 떠올리며 안전이 위협받는 일상에 대해 성토하는 분도 있었습니다.

사람마다 무탈함의 의미에 차이가 있는 건 개인의 경험과 소망이 다르기 때문일 것입니다. 탈이 나면 몸과 마음이 괴로워지니 그런 날이 없기를 바라는 게 인지상정이지만, 그럼에도 각자가 바라는 무탈한 하루의 빛깔은 고유한 것입니다. 백 명이 있다면 백 개의 하루가, 백 개의 색이 있는 것과 같습니다. 그 색들은 종이에 스며들며 서로에게 번집니다. 우리는 그런 것을 삶이라 일컫습니다.

아닌 게 아니라 저는 종종 우리의 하루가 한지에 채색하는 작업과 비슷하다는 생각을 합니다. 동이 트고 내가 한지 한쪽에 물감 한 방울을 떨어뜨릴 때 그 옆에서 노란색 물감을 떨어뜨리는 사람이 있습니다. 검은색, 보라색 물감을 떨어뜨리는 사람도 있습니다. 네 개의 물감이 동시에 종이에 스며듭니다. 하루는 이제 막 시작되었고 종이에는 아직 여백이 많이 남아 있습니다. 경우에 따라 이걸로 한 장이 완성될 수도 있겠지요. 하지만 나는 곧 깨닫습니다. 저 너머에서 무수히 많은 색의 물감이 종이에 떨어져 스며들고 있다는 걸.

양과 농도, 힘이 다른 물감들이 종이의 정맥을 타고 내 쪽으로 뻗칩니다. 만일 누군가가 거침없이 붓질을 했다면 그의 물감은 튀거나 흘러내리며 종이를 적십니다. 새소리를 닮았던 어떤 색은 다른 색을 만나 저녁 어스름이 됩니다. 또 어떤 색은 활기 있게 다른 색 위에 자신을 엎지릅니다. 노심초사하며 아무에게도 번지지 않으려 애쓰는 색도 있습니다. 결국 이 모든 색이 더해지면 완전한 어둠이 된다니 아이러니하지 않나요.

하루가 끝날 때쯤 우리의 종이는 그야말로 얼룩이 돼 있습니다. 누구에겐 흡족한 작품, 누구에겐 끔찍하게 망쳐진 것. 이 속에서 흐릿한 무늬로 남은 나를 발견하는 것이 결코 간단하지 않다는 것을 우리는 압니다.

어울리고 부딪치며 살아내기. 멀리서 보면 그것이 우리가 하루 동안 하는 일의 전부인지도 모르겠습니다. 삶은 나 자신에게, 타인에게 스며들고 번짐의 연속이니까요.

#

마음이 번잡할 때 꼭 소리내서 읽어보는 글이 있습니다. 미야자와 겐지의 시 「비에도 지지 않고」입니다. 튼튼한 몸과 욕심 없는 마음을 갖고, 누구에게 칭찬받지도 미움받지도 않는 자유로운 삶을 소망하는 한 사람의 마음가짐을 이 시는 노래하고 있지요. 여기에는 다음의 구절이 있습니다.

"잘 보고 들어 행하고 이해하며
그리고 잊지 않고"

언뜻 보면 쉽고 빤한 말들의 나열 같지만 저는 이것을

조금 더 지혜롭게 살기 위한 주문으로 되뇌곤 합니다. 자꾸 소리내어 읽다보면 나 스스로 읊조리는 말처럼 들리기도 합니다. '잘 보고 듣고 행동하고 이해하고 잊지 않는다는 것'은 자기인식을 통해 삶을 자신의 것으로 만들어가는 과정을 의미합니다. 이야기하기도 그 방법의 하나가 되겠지요. 실은 제가 무탈한 하루에 이르기 위해 부단히 하는 일이 바로 그것입니다. 나에게 스며들고 싶어 언 손을 녹이듯 이야기를 하고, 당신에게 번지고 싶어 나무 그늘이 되어 이야기를 듣는 것.

이 책은 그렇게 쓰이고 모인 '이야기가 된 모든 날들의 이야기'입니다. 하루는 한 사람의 일생이자 그의 미래이기도 하니까요. 우리는 결국 오늘을 사는 거니까요.

글을 쓰는 동안 다정함과 상상력, 내재율의 말들이 찾아와 보조를 맞춰주었습니다. 그래서 한 자리씩 내주었습니다. 1부 「다정함」은 '오래 보면 그것은 마음이 된다'는 관점에서 일상에 스며들어 익숙하고 친밀해진 정서에 대해 쓴 글을 모았습니다. 2부 「상상력」은 '타인을 이해하는 최선의 방법은 상상력'이라고 말한 사르트르의 생각에 동의하며 상상과 공감을 통해 나와 타인의 거리를 헤아리고 그 사이를 이해해가는 과정을 담았습니다. 3부 「내재율」은 '그럼에도 불구하고' 나를 계속 나아가게 하는 삶의 리듬에 대한 것입니다. 현실을 마주하며, 스스로를 독려하는 마음들에 대해 썼습니다.

5년 만에 두번째 책을 세상에 내보냅니다. 뿌듯함보다 부끄러움이 앞섭니다. 그래도 쓰면서 행복했습니다. 쓰는 동안 기쁨도 슬픔도 아닌 것 속에 있었기 때문입니다. 이 작은 책이 여러분의 무탈한 하루를 채색해나가는 데 옅게나마 도움이 된다면 그보다 더한 기쁨이 없겠습니다.

이 책을 엮으면서, 지난 4년 동안 저의 제주 생활이 무탈할 수 있도록 마음 써준 많은 분들께 감사의 말을 전합니다. 또한, 제게 한글을 가르쳐주신 어머니 이경순 여사, 계속 쓸 수 있는 용기를 북돋워주신 윤시향, 현종갑 선생님, 다정함을 깨닫게 해준 정은, 묘선이, 겸진, 정현, 클로이, 울프, 신정민 형에게도 같은 말을 전하고 싶습니다.

멀리 무탈함의 경지에 계신 아버지에게도 책을 안주 삼아 술 한 잔 올립니다.

조촐한 글밭에 다정다감한 글꽃을 심어주신 문태준 선생님과 성혜현 편집자님, 책방 소리소문 정도선 대표님, 고맙습니다. 덕분에 책이 좀더 향기로워졌습니다.

고요하고 느리고 하찮아 보이는 것 속에 언제나 정신이 깃들어 있습니다. 오늘 하루도 모두 무탈하시기를.

2023년 11월, 애월에서

강건모

1부

다
정
함

한순간 대답하던 사람이 울먹이자 듣고 있던 마음들 또한 물크러졌다. 그때쯤 춥기도 해서 우리는 더욱 다가붙었고, 고개를 들어보니 별빛의 바다는 몇 킬로미터나 펼쳐져 있었다.

연필을
깎으며

평소보다 일찍 눈을 떴다. 오전 일곱시인데도 날씨가 흐린 탓에 아직 바깥은 천길 물속이다. 눈이 올 거라는 예보가 있었는데 가랑비가 오고 있다. 집안에 떠도는 냉기를 쫓으려 등유난로에 불을 넣고 찻주전자를 올려놓고 라디오를 켰다.

새해가 되었으니 새로 연필이나 깎자고 종이와 칼과 자세를 준비하고 앉았다. 책상에는 언제 샀는지 모를 오래된 연필 한 다스가 있다. 그중 하나를 빼서 손에 쥐어본다. 촉감이 좋다.

이 연필 어디쯤에 첫 칼을 대볼까. 연필 껍데기를 벗겨내는 지점에도 기준이 있다. 너무 짧아서도 길어서도 안된다. 어느 연필 깎기 전문가는 오랜 경험을 통해 높이 2센티로 정했다는데, 그렇다면 내 엄지손톱 반달쯤이 적당하다. 연필의 머리에 칼자국을 낸다. 스윽스윽 칼을 밀어주자 툭툭 연필밥이 떨어진다. 새해 첫날에 하는 일이다.

그전엔 나도 소원이나 해야 할 일의 목록을 노트(다이어리 포함)에 쓰며 새해를 열었다. 다만 거기에는 몇 가지 조건이 붙는데, 노트는 반드시 새것이어야 할 것(미처 준비가 되지 않았다면 지난 흔적을 뜯어내서라도 새것처럼 보여야 했다), 그리고 어제의 나와 작별했다는 걸 나 자신에게 인지시키기 위해 평소에 잘 안 하던 걸 하는 것이었다(이를테면 영어 공부, 방바닥 물걸레 청소, 홈트레이닝 등). 예의 필수조건이 충족되고 나면 비로소 새해 목록을 작성할 수 있겠다는 자신감이 생겼다.

그런데 새해 목록이라는 게 쓰다보면 처음엔 담백했다가 점점 과열되는 경우가 종종 있다. 서너 개면 됐다 싶다가도 왠지 앙상해 보여 자꾸 군더더기를 붙이게 된다. 한

장을 채우고 다음 장을 넘겨 나의 열정과 포부에 스스로 놀라서 이대로만 간다면 아무 걱정 없으리라 미소를 짓기도 하지만, 며칠 안 가 깨닫게 된다. 실천할 깜냥도 의지도 없으면서 바라는 게 이렇게나 많다니, 나를 괴롭힐 강박의 리스트를 참 열심히도 써놓았군.

나는 이제 구구절절 그런 걸 쓰느라 새해 아침을 보내지 않는다. 각오나 계획은 봄이 올 때까지 좀 느긋이 그러나 자주 생각하기로 하고 작년부터는 새 연필 한 자루 깎는 걸로 태세를 전환했다. 그것은 단순하게 존재하자는 생활의 신조가 반영된 것으로 '버릴 것은 버리고, 간직할 것은 간직하고, 해야 할 일은 하고, 하고 싶은 일은 하자'는 데서 비롯한 것이다.

연필을 깎기 위해 딱히 갖춰야 할 조건 같은 건 없다. 천천히 연필을 깎아보겠다는 마음 한 자루만 세우면 된다. 그러니 내가 특별히 알려줄 노하우도 없다. 나는 칼질이 매우 서툰 편이라 십 분 정도 걸린다. 칼날을 연필 껍데기에 깊이 넣지 않음으로써 짧게 여러 번 연필밥을 털어낸다. 보는 사람은 좀 답답할 수도 있는데, 그래서

오늘처럼 혼자 있을 때 한다. 날카로운 걸 두려워하는 첨
단尖端 공포증이 있는 내가 할 수 있는 최선의 방법이자
속도이다.

　모든 연필은 아직 어리거나 젊다.

　이 연필은 나를 닮았다. 나도 새해가 되면 꼬박꼬박 머
리를 깎았다. 엄마가 쥐여준 돈을 바지 호주머니 깊숙이
넣고 면내 이발소로 달려갔다. 먼저 온 아저씨들 사이에
끼어 있으면 어른이 된 것 같았다. 한쪽에 쌓인 신문 하나
를 집어들고 심각한 척 읽어 내렸다. 이발소에선 늘 좋은
냄새가 났다. 뜨거운 물에 발이라도 담그려면 장작부터
패야 했던 터라 목욕을 자주 못 했는데, 이발소는 그런 소
년의 흙냄새마저 향기롭게 품어주는 곳이었다.
　이발소 아저씨가 턱짓을 하면 이발 의자 깔판에 올라
앉아 눈을 감았다. 아저씨는 손놀림이 빠른 분이었다.
"다 됐다. 가서 머리 감아라" 할 때까지 채 이십 분이 걸
리지 않았다. 그런데 그 이십 분이 얼마나 길게 느껴졌던

지 나는 중간에 나른해져 까무룩 잠이 들곤 했다. 그러면 아저씨는 어림없다는 듯 단번에 내 자세를 고쳐주고 가위질을 계속했다. 잠은 쏟아지고 난로 위 주전자에서는 펄펄 김이 끓고. 비몽사몽중에도 연필밥 같은 머리카락이 바닥에 툭툭 떨어지는 걸 보았다. 나는 아저씨 손에서 매끄러워지고 있었다.

흑연 심이 보이면 조금 더 섬세해져야 한다.

문구칼을 비스듬히 세운다. 쓰다듬듯 껍데기를 쳐낸다. 마침내 흑연 가루가 종이에 날리며 연필심이 드러난다. 오, 유레카! 연필은 제 안에 이런 심(힘)이 들어 있는 걸 알고 있었을까. 연필을 가만 들여다본다. 연필이란 무엇인가.

모든 연필은 연필심을 품고 있다. 연필심은 연필을 연필답게 하는 힘이다. 연필이 연필다워지기 위해선 연필심이 성장하도록 말 그대로 살이 깎이는 고통, 상처가 필요하다. 깎이고 변화함으로써 나날이 새로운 삶을 얻는 것이 바로 연필이다. 그렇다면 그 삶의 종착지라 할 몽당연필은 일평생 최선을 다해 깎였던 연필이 맞이할 수 있는 최고의 노년이자 상일 터였다.

경애심이 일었다. 삶이 형벌처럼 느껴지면 습관적으로 무력감에 빠져들던 내가 부끄러웠다. 나는 지금 단지 연필을 깎는 게 아니었다. 깎이되 꺾이지 않는 삶 하나를 발견하는 중이었다.

나는 계속 연필을 깎는다.

연필을 깎으며 문득 한 사람이 생각났다. 내게 연필 깎기의 즐거움을 알려준 이는 초보 편집자 시절의 팀장이었던 오영나 부장님이다.

지금도 그렇지만 원고가 들어오면 보통 플러스펜, 연필, 형광펜 등으로 교정·교열을 보게 된다. 펜이야 닳으면 바꿔 쓰면 되는데, 연필은 짬이 나서 깎기 전까지 그냥 뭉뚝해진 채로 둘 때가 많았다. 어떤 선배는 샤프펜슬을 주로 썼다. 나도 그쪽이었는데, 심이 자주 부러지고 지울 때도 자국이 남아 만족스러운 편이 못 됐다.

부장님은 연필 깎기에 진심인 분이었다. 종종 "건모, 연필 깎아줄까?" "오호, 그 정도 뭉뚝함이라면 이제 깎을 때가 된 것 같은데" 하고 내 것뿐 아니라 다른 팀원들의 닳은 연필을 모조리 쓸어가 깎으며 즐거워하셨다. 그 장면들은 십수 년이 지난 지금도 아스라이 내게 살아 있다.

함께 책을 만드는 동료들의 연필을 깎아준다는 게 얼마나 든든한 응원이고 격려였는지 새삼 돌아보게 된다. 편집자의 손에 쥐어진 연필, 사물로서의 연필을 넘어 에디터십으로서의 그것이 얼마나 도도하고 세련되어질 수 있는가를 나는 그분을 통해 배웠다.

그때로부터 한참 시간이 흘러 이제 내가 그걸 좋아하게 됐다. 손이 둔해 부장님만큼 날렵한 느낌은 못 내지만, 그래도 내가 깎은 이 어수룩한 연필이 맘에 든다.

새해 첫날, 연필 하나를 깎으며 이런 오만가지 생각을 했다.

책
도둑
의
변명

견물생심見物生心은 물건을 보면 마음이 일어나는 것을
일컫는 말이다. 주로 욕심을 경계하라는 뜻으로 쓰이지
만, 나는 계율로서의 의미보다 좀더 능동적인 관점에서
이 말을 풀이하고 싶다. 바라보는 순간 마음을 뒤숭숭하
게 하는 물건物이란 실제 소유할 수 있는 물건만을 의미
하지 않는다. 그것은 사람, 정신, 꿈, 자연 등 내 안에 두고
싶은 모든 귀한 가치를 이입할 수 있는 대괄호(〔 〕)이다.
어떤 물건을 보고 탐하는 마음이 든다면 그것으로 나를
채워 뭔가가 되어보고 싶은 어떤 정체성이 꿈틀한 것이

다. 그래서 나는 견물생심이 자연스러운 마음작용이고, 그 자체의 옳고 그름이 없다고 생각한다. 그것을 스스로를 키우는 마음으로 번지게 할지 단지 욕망으로 둘지는 오직 자신에게 달려 있는 문제다.

집에 이렇다 할 장난감 하나 없던 어린 시절의 이야기다. 만날 여동생과 지붕에 올라가고 대나무 말을 타고 놀다가 다른 것에 눈독을 들인 적이 있다. 책이었다. 마을회관에서 책을 훔쳤다. 최초의 범죄는 아니었다. 소년의 열 살이란 많은 죄를 짓기에 충분한 시간이지 않은가.

우리집에 책이란 게 아예 없었던 건 아니다. 이태 전에 돌아가신 아버지가 유산처럼 남겨놓은 것들이 있었다. 주로 전집류들이었다. 어쩌다 우리 동네까지 출판사 방문판매원이 찾아오면 집안에 웃음소리가 넘치고 떠들썩해졌다. 책방에 가려면 연륙교를 건너 태안 읍내까지 두 시간 가까이 버스를 타야 했으니 매일이 바쁜 시골의 독자로선 두 손 들고 환영할 만한 방문이었다. 에티오피아의 유목민들이 책을 싣고 찾아온 낙타에게 물을 내어주

듯 아버지는 출판사 방문판매원 아저씨들에게 술을 대접하고 책을 샀다. 지금보다 출판이 호황일 때고 다권본인데다 양장이기까지 하니 어림잡아도 백만 원 이상은 족히 줬을 것이다. 삽화가 들어간 어린이용 백과사전이나 만화책도 좀 샀더라면 좋았을걸, 그런 건 하나도 없었다. 스마트폰 앱으로 주문만 하면 바로 집에서 받을 수 있는 원클릭 배송 시스템에 익숙한 독자들에겐 낯선 풍경이겠다. 그땐 그랬다.

나의 바람과는 사뭇 달랐던 당시 아버지의 독서 취향, 즉 구입 목록을 톺아보면 이렇다. 임진왜란사 20권(한때 읽어보려 시도했지만 한자가 너무 많아 덮어버렸다), 데일 카네기 전집(전집들 중 권수는 가장 적었지만 두께가 상당해서 펼쳐볼 엄두를 내지 못했다), 세계 명작 에세이 100 시리즈(본문이 세로쓰기였다! 읽다보면 줄이 엉켜서 같은 문장을 또 읽고 있는 나를 발견할 수 있었다), 그리고 외계인, UFO, 4차원 세계, 초능력, 심령의 세계 등을 다룬 40권짜리 NHK 블루북 탐사 시리즈(80년대엔 신비주의가 출판 트렌드였던 걸까. 방문판매원이 이 책들을 뭐라고 소개하며 아버지의 구매 욕구를 자극했을지 궁금하다). 나는 아버지가 정말로 이런 유의 책에 관심 있는 독자였는지 잘 모르겠다. 내가 기억 못 하는 걸 수도 있지만 책을 들고 있는 그의 모습은 상상으로만 그려볼 수 있다.

마을회관에 책이 있다는 걸 안 것은 그로부터 몇 년 뒤 어느 날 마을잔치가 열려 동네 아이들과 국수를 먹으러 가서였다. 한쪽에 자리를 잡고 앉아 호로록 국물을 마시고 있는데 아저씨 아주머니들이 다가와 알은체를 했다. 마을 이장을 오래 했고 가정은 뒷전에 두면서까지 마을 일에 최선을 다했던 아버지에 대한 그리움 혹은 미안함 때문인지 동네 어른들은 나를 좀 챙겨주는 편이었다. 유능했으나 서른아홉에 스스로 돌아간 사람을 향한 측은함도 있었으리라.

어머니는 남편에 대한 기억 때문인지 회관에 가는 걸 꺼렸지만 나는 그렇지 않았다. 심심하면 개를 데리고 회관으로 놀러가 버드나무를 끌어안고 오래매달리기를 했다. 마을일을 하는 사람이 된 듯 벽에 붙은 홍보물을 하나하나 읽었다. 회관 앞 큰 창고에 뭐가 들어 있는지도 나는 거의 다 알았다. 까치발로 서서 안을 들여다보면, 삽과 괭이 들이 깊은 잠이 든 듯 드러누워 있고 가운데에는 꽃가마가 놓여 있었다. 사위를 감싼 무채색 속에서 저 혼자 고고한 자태가 얄미웠다. 마을에서 누가 죽으면 창고가 열리고 아저씨들이 꽃가마를 맸다. 나는 조용히 그 뒤를 따랐던 날을 떠올렸다.

국수를 다 먹고 일어날 때였다. 잔치가 끝나가 분주하게 상을 정리하는 사람들 사이에서 그것을 보았다. 의자들을 모아둔 회관 맨 뒤 한쪽 구석에 오도카니 서 있는 철제서가. 그 속에 질서 있게 채워진 책들이 "어, 나 책이야"라고 말하고 있었다. 아이들이 젓가락으로 사이다병 뚜껑 따는 데 열중하는 사이 나는 슬그머니 일어나 그쪽으로 걸었다. 한 오십 권은 돼 보였다. 무심히 한 권 꺼내서 주르르 넘겨보았다. 재밌겠다 싶은 역사 만화 시리즈였다. 그 사이사이에 동화책과 동시집도 다양하게 있었다. 여기 이런 게 있었구나. 왜 그동안 몰랐지? 심장이 가슴을 쿵쿵 때렸다. 저 예쁜 것들 허리춤에 끼고 싶었다. 밍크이불 위에 흩뜨려놓고 눈알이 벌게지도록 읽고 싶었다.

　그걸 보고 돌아오고부터 마음이 들끓는 듯했다. 시작은 불안이었다. 자려고 눈을 감으면 그 책들의 얼굴이 아른댔다. 책등에 쓰인 제목이 뭐였는지 한두 개라도 떠올리려 했지만 아무것도 모르겠기에 머리카락을 쥐어뜯었다. 학교 끝나고 집에 오면 회관 창문에 가 들러붙었다. 가만 보니 창문은 딱 한 군데만 빼고 모두 잠겨 있었다. 그게 더 나를 힘들게 했다. 스윽 열리는 창문을 넘을까 말까 매일 고민에 빠졌다. 불안에 익숙해지자 다음은 의심이었다. 내 눈에 좋은 건 남도 알아보기 마련이니 그 책을 노리는 사람이 나 혼자가 아닐 것 같았다. 한번 마음이 그리 서자 동네 형, 누나, 친구들, 아저씨, 아주머니들까지 모두가 단번에 경쟁자가 되었다. 괭이로 텃밭의 딱딱한 흙덩어리를 부수면서도 내내 그 걱정이었다. 쓸데없는 데만 파고 있다고 어머니한테 혼났다.

　요컨대 범행의 동기였다. 내 키가 창턱을 훌쩍 뛰어넘을 수 있게 되어서가 아니라 책들이 사라져버릴까 두려워 초조했던 날, 마침내 창문을 열었다. 마을회관의 침입자가 된 나는 창밖에 인기척이 날 때마다 몸을 푹 숙이고 귀를 쫑긋했다. 아무도 내가 여기 들어온 줄 모를 텐데도 나는 무엇인가와 계속 숨바꼭질하고 있는 기분이었다. 그렇게도 갖고 싶었던 책은 막상 쥐어보니 귀찮고 무겁게 느껴졌다. 나는 자세히 들쳐보지도 않고 손에 잡히는 대로 대여섯 권만 챙겨서 빠져나왔다. 그러고는 쉬지 않고 집으로 내질렀다. 그만 안전해지고 싶은 나와 수치스러운 내가 함께 달렸다. 저녁달은 한쪽 얼굴을 손바닥으로 가리는 것으로 공범이 되어주었다.

나는 만족했을까? 그 점에 대해서는 뭐라 할말이 없다. 얻을 건 얻고 잃을 건 잃었다고 할밖에.

며칠 후 회관 옆을 지나다가 이장 아저씨를 만났다. 아저씨는 나를 부르더니 호주머니에서 캔 음료수 하나를 건넸다. 아저씨가 소각장에서 뭔가를 태우고 있었다.

"학교에서 버리려는 걸 얻어왔는데, 책이 낡아서 그런가 보는 사람도 없고, 괜히 자리만 차지하고."

아저씨가 불쏘시개를 내려놓더니 담배에 불을 붙였다. 물 밖으로 내던져진 물고기처럼 내 가슴이 파닥거렸다.

나는 아무 대꾸도 하지 않았다. 아 그러냐는 듯 "그럼 제가 가져갈게요"라는 말조차 꺼낼 수 없었다. 그저 야금야금 책을 잡아먹고 있는 불을 노려볼 뿐이었다. 한심하고 고약했다. 모두 내 탓인 것만 같았다. 좋아하는 걸 지키지 못하고, 좋아한다고 자신 있게 말하지도 못하는 내 행동거지가 너무 어린아이 같았다.

내년부턴 새해 떡국을 두 그릇씩 먹어서 두 배 빨리 어른이 되고 싶었던 1990년의 책도둑. 그 책도둑이 깊이 회개하여 지금은 그 벌로 글을 쓰고 책을 만들고 있다.

나는 마당으로   출근한다

마당 한쪽에 6인용 나무 책상이 놓인 뒤로 나는 마당으로 출근한다. 날이 좋지 않거나 사람이 그리운 날엔 부러 카페를 찾기도 하지만, 대부분 마당이 나의 사무실이 된다. 이름도 있다. 바람 작업실. 우리집은 바다에서 몇 킬로 떨어져 있는데도 바람 잘 날이 거의 없다. 그래서 제주의 명물이 바람인가보다. 때때로 보고 있는 책의 페이지를 제 맘대로 넘겨버려 귀찮기도 한데 내가 일할 때 바람도 자신의 일을 하고 있으니 이제는 제법 같이 일하는 느낌을 받는다.

책상은 목수로 일하는 이웃에게서 싼값에 얻었다. 예전에 일을 배울 때 만든 거라고 했다. 다소 투박한 책상에는 그의 시행착오, 초보자의 열정이 고스란히 새겨져 있다. 그러나 내게는 이보다 훌륭할 수 없다. 잔디와 풀, 나무뿐이던 마당에 맘껏 쓸 수 있는 책상 하나가 놓인 건 세계 하나가 뚝딱 생겨난 것에 비할 수 있는 일이기 때문이다.

제주에 처음 이주했을 때 맨 먼저 한 일은 작업하기 좋은 곳을 찾아다니는 것이었다. 몇 군데 맘에 드는 카페가 있었다. 그러다 어느 날부터는 부서진 책상과 의자를 주워 길 한쪽에 옮겨두고 밤마다 나가 글을 쓰기 시작했다. 낡은 사물들은 원래부터 그 자리에 있었던 듯이 자연스럽게 내게 스며들었다. 촛불 아래에서 생각은 야광충처럼 날아올랐고 나를 툭 건드리고 지나가는 모든 소리들이 또렷하게 귀에 박혔다. 응답하듯 몇 개의 문장을 받아 적었다. 난생처음 해방감을 느꼈다. 그때와 지금이 별로 다르지는 않다. 이제 거기가 여긴 것이다.

마당에 출근하면 우선 빗자루를 쥐고 밤새 책상을 차

지한 개미들과 이름 모를 벌레들을 쓸어낸다. 비질을 너무 세게 하면 그들이 다칠 수 있으므로 최대한 힘을 빼고 하는 게 중요하다. 새똥이 하얀 물감처럼 번져 있을 때도 있다. 걸레를 적셔 박박 닦아낸다. 그 위에 파란색 광목천을 펴서 깐다. 서울에 살 때 창문 햇빛 가리개로 쓰던 것이다. 외부 세탁실에 플러그를 꽂고 전원을 공급해줄 케이블 릴을 잇는다. 맥북과 스탠드, 키보드, 보조모니터, 독서대, 책들, 교정지, 커피포트 등이 차례로 놓인다. 그때쯤 고양이 묘선이가 나타나고 바람이 "왔어?" 하고 출근 인사를 한다.

이곳 바람 작업실에 오기까지 참 오래 걸렸다.

나는 파주와 서울의 출판사에서 십오 년 가까이 사무실 생활을 했다. 업무에 필요한 모든 것이 연동된 그곳에서의 노동은 꽤 효율적이었지만, 일에 집중하기 위해 오히려 한눈을 팔고 딴짓이 필요한 나에게 맞는 시스템은 아니었다. 스물여섯 살, 첫 직장에 출근한 첫날부터 나는 그걸 알아챘다. 그러나 책 만드는 일이 재미있었고, 생계를 잇기 위해선 돈이 필요했으므로 견딜 수 있을 때까지 더 다니자는 생각이 십 년 넘게 이어졌다. 그런데 큰 키를 획일화된 책상 높이에 맞추다보니 나도 모르게 잘못된 자세로 일을 하게 되어 허리를 붙잡고 병원에 들락거리는 날이 많아졌다. 의자에 달린 레버를 조정하는 것만으론 해결되지 않았다. 나만 이런 문제를 겪고 있었을까. 아니다. 모두가 증상은 달라도 비슷한 어려움을 갖고 있을 터였다.

어느 날 내 옆에 앉았던 후배가 갑자기 출근하지 않는 일이 생겼다. 전날 평소와 다름없이 근무하고 내일 뵙겠다며 퇴근한 그가 하루종일 연락두절인 거였다. 착하고 성실했던 후배에게 무슨 일이 생긴 건지 동료들이 걱정하며 이런저런 추리를 해보았지만 마땅한 단서를 찾을 순 없었다. 뭔가로 힘들어했을 그의 속내를 들어주고 미리 챙겨주지 못한 게 미안했다. 일주일이 지나고 한 달이 돼서도 그는 복귀하지 않았다.

나로선 이런 일이 처음은 아니다. 예전에 다른 곳에서

일할 때도 선배 한 명이 장기간 무단결근을 한 적이 있다. 과묵했던 그와는 대화 한번 나눠본 적이 없었다. 코를 원고에 묻고 책상 앞에 옹그린 모습만 떠올랐다. 피치 못할 사정이 있었을 거고 내가 알았다 한들 제대로 헤아릴 수도 없었을 것이다. 그가 언제 다시 돌아왔는지는 기억에 남아 있지 않다.

겉만 봐선 알 수 없다. 화려하고 안정되고 고고해 보이는 삶을 사는 사람들조차 다른 사람들이 좀체 이해할 수 없는 괴로움을 갖고 있다. '침묵하면 불편해지고 말을 하면 우스워지는' 그런 것 말이다. 자신 안의 일이므로 달리 누가 해결해줄 수 있는 게 아니다.

흔히 삶을 재즈에 비유하는데, 재즈곡을 연주하다보면 상황에 따라 조나 리듬을 바꿔야 할 때가 있다. 연주자는 한순간 여기에서 저기로 점프하듯 이동해야 하는 것이다. 변화의 시점은 곡의 흐름을 주의깊게 간파함으로써 유추할 수도 있지만 예기치 않은 순간에 맞닥뜨리기도 한다. 그런데 우리가 연주하고 있는 삶이라는 음악은 아직 아무도 들어본 적이 없으므로 미스 터치도 없다. 음정과 박자가 맞는지 틀리는지 누구도 확실한 답을 주지 못한다. 필요한 것은 오직 다음을 향해 치고 나가는 연주자의 감과 용기뿐이다.

마지막으로 다닌 회사를 그만두던 날, 밤늦게까지 야근을 했다. 한 달 전 갑자기 결심한 퇴사인데다 그즈음 담당하던 책들과 관련한 일을 처리하는 데 바쁘다보니 인수인계가 늦어져 정리해야 할 자료가 산처럼 쌓여 있었다. 결국 자정이 다 되어 문단속까지 하고 회사를 나섰다. 나오기 전 불 꺼진 사무실을 폰 사진으로 남겼다. 내일이면 이곳에 없을 걸 생각하니 시원하기보단 섭섭한 마음이었다.

그도 그럴 것이 나는 회사가 싫어서 떠나는 게 아니었다. 책상 높이 스트레스 때문도 아니었다. 일이야 늘 많았지만 감당 못 할 만큼은 아니었다. 동료들은 다정했고, 회사의 급여 수준도 좋았으므로 별일이 없는 한 나는 이대로 몇 년 더 순탄할 예정이었다. 그런데 왜?

이사님이 그렇게 물었을 때 나는 가볍게 말했다.

"마흔 되기 전에 다르게 살아보고 싶어서요."

이사님은 새 삶에 대한 포부나 도전쯤으로 이해하고 미소를 지어 보였다. 물론 그게 다는 아니었지만 말해놓고 보니 그게 다인 것 같기도 했다. 자리를 지켜야 하는 이유가 떠나도 될 이유를 만들어주었다. 망할 거란 두려움도 특별히 잘될 거란 기대도 없었다. 그저 내 상태를 스스로 바꾸고 있다는 사실만 분명했고 의미 있었다. 그날 밤엔 잠이 잘 안 왔다. 맥주 한 캔 따고 즉흥연주에 심취하다가 잠들었다.

다음날, 사람들 떠드는 소리에 저절로 눈이 떠졌다. 닫힌 창밖으로 자전거 딸랑거리는 소리, 오토바이 소리가 들렸다. 9월 한낮. 아직 볕이 뜨거울 때였다. 나는 서늘한 그늘 속에 있었다. 햇빛 가리개를 거두고 반복되는 풍경에 눈을 두었다. 대리석 형상 같았던 사람들이 나로부터 멀어지고 가까워지며 움직이고 있었다. 몹시 낯익은 것이 매우 특별해지는 순간 아름다움은 발명된다. 다들 이렇게 살고 있었구나. 사무실에 있는 사이 내가 놓쳤던 평일 오후의 시간에 가만 귀를 기울였다.

바람 작업실에 앉아 원고 교정을 마무리하고 출판사에 보냈다. 책 한 권을 끝낼 때면 한 세계를 살다 나온 느낌을 받는다. 괜히 기분좋아지거나 마음이 헛헛해지거나. 언어로 마음을 탐사하는 일을 하는 사람들은 대체로 그런 경험을 할 것이다. 오늘 마친 원고는 짙은 그리움에 닿아 있다. 그다음엔 마당에서 원고를 썼다. 새소리가 유난스러웠는데, 그 때문인지 조율되지 않은 언어들이 내 속에서 짹짹거리는 걸 견디며 써야 했다. 이후 가을에 진행할 전시의 기획서를 썼고, 몇몇 제주 작가분들과 통화했다. 오늘 작업의 배경음악은 곽진언의 노래 〈자유롭게〉였다. 이따금 새소리와 바람 소리에 노래가 묻혔는데, '나도 참 멍청하지…… 하지만 자유롭게'라는 가사만은 선명하게 들렸다. 그래, 그럼에도 불구하고 자유롭게.

　지금의 생활이 내게 최적화된 삶인지는 아직 확신할 수 없다. 누가 알려주면 좋으련만, 설사 알려준들 믿을 것 같지도 않고. 다만 나의 설익은 감과 용기를 믿고 나아가는 것뿐이다. 날이 어두워지자 마당의 곤충들이 그만 자리를 내놓으라고 성화를 부린다. 이만 퇴근할 때가 됐다.

봄밤의 가르침

요사이 벚꽃 환하게 핀 밤에 법륜스님의 생방송 법문을 듣고 있다. 정토회 불교대학에 입학해 새롭게 얻은 일상이다. 종교나 철학이 아닌 수행의 관점에서 스님은 이천 년 전 붓다의 깨달음과 가르침을 설법한다. 마음의 원리와 괴로움의 원인을 콕콕 짚어낸다. 나는 그 말씀들을 원고지에 적고 또 적는다.

스님의 법문이 끝나면 화면이 바뀌고 조별 법문나눔이 이어진다. 나는 제주에 사는 여섯 명의 길벗들 속에 있다. 어제는 '나는 언제 마음이 편안한가'에 대해 이야기를 나누었다. 다른 분들의 말씀이 끝나고 내 차례가 되었다. 나는 매일같이 집에 놀러오는 동네 길고양이 묘선이 이야기를 꺼냈다. 묘선이가 간밤에 별일 없이 무사한 것을 볼 때, 밤을 잘 건너온 걸 확인할 때, 밥을 잘 먹을 때, 털을 쓰다듬을 때 편안해진다고 말했다.

묘선이는 이 집에 이사오던 날부터 지금까지 하루도 빼지 않고 나를 보러 오는 고양이이다. 고양이와의 교감이 낯설었던 나는 처음에 밥이든 간식이든 내어줄 생각을 못했는데 그래도 괜찮다는 듯 묘선이는 내 곁을 맴돌고 눈이 마주치면 자신을 만져보라고 벌러덩 눕곤 했다. 지금은 매일 아침저녁으로 끼니를 챙겨주고 있다. 쓰레기를 버리러 나갈 때면 어디 숨어 있다가도 내 인기척을 알아채고 나타나 강아지처럼 뒤를 따라온다. 동행이 있다는 것만으로 어두운 밤길이 든든해진다.

내가 조금만 움직여도 쉽게 놀라고 자동차 소리가 들리면 과하다 싶게 멀리 치빼는 걸 보면 분명 길에서 위험천만한 일을 많이 보고 겪었을 것인데, 그럼에도 내게 보이는 이 다정함은 어인 일일까. 이 고양이는 경계심은 갖되 다정함을 잃지는 않은 것이다.

두려움으로 새겨진 상처의 기억은 외부 세계에 대한 도피와 혐오, 배척, 공격성을 강화한다. 스스로 맞서기 어려우므로 일상을 난폭하고 뒤틀리게 바라보도록 조종한다. 사람이나 동물이나 모두 마음이 있으니 그 반응이 다르지 않을 것이다.

마음 얘기가 나와서 하는 말인데, 19세기 초 유럽에서 동물에게도 마음이 있느냐는 주제로 학자들 간에 논쟁이 붙은 적이 있다. 과연 동물은 생각하는가. 즉 동물에게도 지각능력, 마음이라는 게 있는가. 인간과 함께 살아가는 개, 고양이가 인간처럼 기쁨과 슬픔을 인지하는지, 고통을 가하면 내는 소리나 동작이 반사행동이 아니라 고통의 결과인지를 따져보자는 것이었다. 마음은 오직 인간의 전유물이라는 쪽과 동물에게도 마음이 있을 수 있다는 쪽의 주장은 첨예하게 부딪혔고 좀체 결론을 내리지 못하는 것처럼 보였다. 이후 여러 연구를 통해 많은 동물종들이 인간처럼 마음을 지각하고 표현하는 능력이 있음이 밝혀졌다.

동물에게 마음이 있는가를 두고 논쟁을 하다니. 혹자는 당대의 지식인들이 공연한 일에 힘을 뺐다고 말할지도 모르겠다. 하지만 이것은 오늘날 동물권의 바탕이 되는 윤리적 판단이나 법적 근거의 시초가 되었다는 점에서 주목할 만한 논쟁이다.

이와 관련해 동물을 자동인형쯤으로 이해한 데카르트의 일화는 유명하다. 가령 그는 스프링과 지렛대 같은 생물학적 장치들이 동물을 움직이게 하는 원리이며 가끔씩 내는 비명은 그 부속물들의 삐걱거림일 뿐이라고 여겼다. 세상 만물에, 하물며 돌에도 마음이 깃들어 있다고 확신하는 나로선 퍽 실소가 나는 얘기다.

묘선이가 두려움을 알 거라는 데는 추호의 의심도 없지만, 어떻게 그것을 통제하고 있는지 나는 궁금하다. 마음이 어느 한쪽으로 기울지 않게 작용하는 고양이만의 삶의 평형감각이 있는 것일까. 고통스러운 현재에 머물지 않고 계속 나아가는 것, 그런 방식으로 스스로를 가르치는 경험 같은 것. 그러나 고양이가 아닌 나로서는 여간 어려운 일이 아닐 수 없다.

어떤 것은 내가 자꾸 피하려 들기 때문에 나를 두렵게 한다. 어떤 일은 언제든 다시 일어날 수 있기 때문에 미래를 불안케 한다. 두려움과 불안은 위험을 알아차리고 안전한 일상을 지키려는 자연스러운 감정이다. 하지만 지나치면 괴로움이 돼버린다.

생각하면 좋은 일과 나쁜 일이 번갈아 나를 기쁘게 하고 좌절케 하는 속에서 자주 혼란스러워하며 살아왔다. 가장 곤혹스러운 것은 언제나 사람과의 관계였다. 나를 좋아하고 아끼던 이들이 나를 비난하고 오해하는 사람으로 태도를 바꾸는 데에 둔감해지는 법을 알지 못했다.

그런 일을 몇 번 겪다보면 어떤 자세가 만들어지며 마음에 자물쇠가 채워지게 마련이다. 그래서 아무것도 바라지 않겠다는 말을 기도처럼 외고 다녔다. 작년까지도 그랬다. 아무것도 바라지 않고 원하지 않음으로써 과보로 닥쳐올 불행을 피하겠다는 다짐이었는데, 그게 스스로를 괴롭히는 마음작용이었음을 이제는 안다. 좋은 일과 나쁜 일은 서로 경계가 없다. 그 둘을 구분하지 않으면 좋은 일도 나쁜 일도 아닌 것이 된다.

"당신의 인생에서 가장 의미 있는 것이 무엇인가요?"

이번주 수행과제였다. 법륜스님이 방송에서 물었고, 나는 일주일 동안 생각한 뒤에 글로 응답했다.

"제게는 다정함입니다. '사랑'은 너무 거대하고 '친절'은 또 너무 행위적이어서, 소박한 애정쯤 되는 '다정함'이라는 말을 쓰고 싶습니다. 내 안에서 다정함이 사라지지 않게 하는 일이 제게는 정말 중요합니다. 그것이 꺼질 듯 흔들리면 저는 저를 미워하거나 비하하게 됩니다. 타인과 세계를 원망하고 혐오하게 됩니다. 저는 그런 경험을 자주 했습니다. 제게 중요한 의미이자 가치인 다정함은 추운 겨울밤 조용히 타오르는 모닥불 같은 것입니다. 그것이 꺼지지 않는 한 저는 무엇이든 될 수 있고, 할 수 있을 것 같습니다."

바다의

남

쪽

책 한 권을 마무리하고 해남에 다녀왔다. 언제고 한 번은
가리라 생각했는데 다정한 친구와 함께, 마침 봄이어서
좋았다. 해남은 바다의 남쪽. 나는 그보다 더 남쪽에서 왔
지만 여전히 남쪽에 있었다.

서울을 떠나기로 결심했을 때, 내겐 세 가지 선택지가
있었다. 첫째는 고향 안면도였고, 둘째는 제주도, 셋째는
해남이었다. 사실 어디든 괜찮았다. 다만 따뜻한 곳이면
되었다. 가장 남쪽인 제주도가 선택되었다. 그 아무 곳에

서 짐을 부려놓고 몸을 좀 덥히며 살고 싶었다.

거처를 정하고도 해남을 자주 생각했다. 내 전생의 꼭대기를 차지하고 있을지 모를 공룡의 흔적이 남아 있는 곳. 끝없이 이어진 논뙈기 밭뙈기가 파도처럼 출렁이는 땅. 땅끝에 서서 땅의 시작을 더듬고 거스르기에 적당한 곳. 그러나 한 번도 가본 적 없는 거기. 그래서 더 멀리 두고 온 정인처럼 그리워한 곳. 해남은 내 상상 속에서 언제나 애기똥풀처럼 피어 있었다.

해남에는 친구 부부가 일 년 전에 이주해 둥지를 틀고 있다. 차가 집에 닿기도 전에 멀리서 알아보고 손을 흔들어주어 기뻤다. 선물로 가져간 귤 박스를 날랐다. 마당에선 연년생인 초등학생 여자아이 둘과 강아지 둘이 흙냄새를 맡으며 자라고 있었다.

대밭 사이로 부는 바람이 저녁을 데려왔다. 집에서 마주 보이는 두륜산이 해에서 달로 바퀴를 갈아 끼울 시간이었다. 한 아이가 의자를 내오고, 한 아이가 불쏘시개를 깎았다. 발갛게 달궈진 숯이 고기를 굽고, 팔팔 끓는 물이 낙지의 몸을 옹크리게 했다. 도시를 떠나서 시골에 들어와 겪은 이야기가 차곡차곡 접시에 담겼다.

밤이 깊어 사람 한 명이 뒤늦게 왔다. 이틀 전 동네에 '점빵'을 개시한 그이의 사연은 응원하고 싶은 개인의 역사였다. 가운데서 타오르는 화톳불이 서로의 얼굴을 붉게 물들였다. 모르는 사람과 모르는 사람이 질문 게임으로 서로를 배웠다. 한순간 대답하던 사람이 울먹이자 듣고 있던 마음들 또한 물크러졌다. 그때쯤 춥기도 해서 우리는 더욱 다가붙었고, 고개를 들어보니 별빛의 바다는 몇 킬로미터나 펼쳐져 있었다.

산사의
하룻밤

열두 살 때 가출을 했다. 무슨 일인가로 누나한테 빗자루로 얻어맞다가 화가 나서 집을 뛰쳐나왔다. 산길이 눈앞에 어른거렸다. 능선 너머에는 작은 절이 있었다. 절에 다녀온 어머니 얼굴이 편안해 보였던 게 생각났다. 발길이 저절로 그쪽으로 향했다. 나보다 커진 그림자 뒤를 쫓았다. 저녁에 혼자 그 길을 밟아보긴 처음이었다.

애꿎은 나뭇가지를 꺾고 풀을 걷어차며 걸었다. 인기척에 놀란 산새들이 포르르 날아올랐다. 그 소리에 겁먹지 않으려 마음을 다잡았다. 중턱쯤 왔을 때 안개가 내려앉은 산 아래를 굽어보았다. 세상의 모든 소음이 사라진 것 같았다. 내가 마을에서 탁발하고 돌아가는 사미승이 된 것 같았다.

땅거미가 온 산을 적실 무렵에야 절문 앞에 다다랐다. 그러나 문턱을 넘지 못하고 있었다. 이 시간에 웬일이냐고 스님이 다그칠 것 같았다. 중이 되고 싶단 말을 믿을 것 같지도 않았다. 될 대로 되라지. 문턱을 넘는 데 필요한 마음은 그뿐이었다. 경내에 들어서서 모기만한 소리로 스님을 찾았다. 내 그림자에 스미는 격자무늬의 노란 불빛이 부처님 미소 같았다. 잠시 후 스님이 방문을 열고 나왔다. 입속에 되뇌던 말을 하지 못했다. 그때쯤 내 마음속의 화는 이미 풀어져 있었다.

노스님은 아무것도 묻지 않았다. 탁발 마치고 돌아온 사미승을 대하듯 내게 무심했고 자연스러웠다. 아버지 삼우제 때, 저승 노잣돈으로 쌓아놓은 오백 원짜리를 훔

치다 들켰을 때도 스님은 아무 말씀이 없었다. 그날 밤 스님이 깔아준 이불이 푹신하고 부드러워 깊이 잤다. 잠들기 전엔 스님의 기침 소리 때문에 뒤척였는데, 아침엔 그 방에 쏟아지는 산새들 소리가 눈부셔 깼다.

귤

근 몇 달 만에 마당에 사람이 나타났다. 나는 설거지하다 말고 창밖을 살폈다. 여간해선 누가 찾아올 리 없는 우리 집에 사람의 그림자가 드리워진 것이다. 두 노인이 내가 바람 작업실이라 이름 붙인 나무 테이블에 앉아 이야기를 나누고 있었다. 가만 보니 동네에서 오다가다 한두 번 본 것 같기도, 전혀 모르는 사람들 같기도 했다. 그전엔 이런 적이 없었는데 아마도 테이블이 놓여서 앉으러 들어온 듯했다. 언제부터 거기 있었던 건지, 군이 남의 집에 와서 대화를 나누는 이유가 뭔지 궁금했지만 마당에

울리는 웃음소리로 보아 그런 건 나한테나 중요한 문제 같았다.

혼자 지내는 시간이 많다보니 누가 집에 오는 게 낯설고 달갑지 않다. 정현종 시인은 어느 시에서 '사람이 온다는 건 실은 어마어마한 일'이라고 했는데, 별일 없이 조용한 나의 일상에 누군가가 제 맘대로 들어오는 것도 실은 그처럼 어마어마한 일이다.

2022년 통계청 자료에 따르면 우리나라 인구 중 34.5%가 1인 가구라고 한다. 개인마다 차이는 있겠으나 혼자 사는 사람들은 대체로 자신의 영역 구분이 명확하다. 그 영역은 물리적이고 정서적인 공간을 아우르며 자신의 삶을 온전히 누리기 위한 기반이 된다. 그런데 그런 영역이 무단으로 침범당하면 이 역시 사람마다 다르겠지만, 불쾌감, 분노를 느끼거나 자신의 안전이 위협받는다고 느낄 수 있다. 내 영역을 지켜내지 못했다는 무력감에 자책할 수도 있다. 1인 가구 생활자에게 낯선 사람의 방문은 결코 간단한 일이 아니다.

초등학교 때 읽은 책 중에 『까치 소리 미워요』가 있다.

1989년 한국어린이재단에서 펴낸 '소년소녀 가장 생활 수기 당선작 모음'이다. 그중 책 제목으로 쓰인 「까치 소리 미워요」라는 글이 여태 기억에 남아 있다. 까치가 울면 손님이 온다는 속설을 비틀어 부모에 대한 그리움과 삶의 그늘을 표현한 글이었다. 나는 내용보다도 그 아이러니한 제목에 더 흥미를 느꼈다. 글쓴이와 다른 이유에서 '까치 소리'가 미웠기 때문이다.

학교 끝나고 돌아온 동생과 나만 있는 집에 가끔 손님이 올 때가 있었다. 손님이라고 해봐야 주로 전기 검침원이나 방문판매원, 전도하러 온 종교인, 물 마시러 들른 사람, 촌수를 헤아리기도 힘든 먼 친척들이었다. 그들이 마당에 들어올 때마다 나는 슬그머니 뒤꼍으로 달아나곤 했다. 그런 날엔 대밭에서 까치가 왜 그리도 울어대던지. 내가 돌을 던져 까치를 쫓는 동안 나보다 두 살 어리지만 훨씬 용감하고 다정한 여동생이 그들을 응대했다. 그들이 가고 나면 이제 나와도 된다고 알려주는 것도 동생의 일이었다.

학교에서는 사교성 좋고 반장을 도맡아 하는 등 사회

성도 충만하던 내가 어째서 집에서는 그렇듯 폐쇄적 태도를 보였던 걸까. 다시 그때의 내가 되지 않고서는 그 속을 다 읽어낼 수 없다. 어쩌면 나와 비슷하면서 몹시 다른 인격 하나가 나를 살다가 남겨놓은 추억 같기도 하다. 다만 분명하게 잡히는 것은 그 시선들이다. 구멍이 숭숭 난 창호지 문, 군데군데 뜯어진 벽지, 걸레와 옷이 함부로 섞여 쌓여 있던 마루, 쥐 오줌이 번진 천장, 좁고 어질러진 방에 기대어 사는 나와 동생을 불쌍하게 바라보는 게 싫었다. 고등학생이 되어 집을 떠나기 전까지 외부인은 나의 가난과 불행을 깨닫게 해주려 찾아오는 자존감의 훼방꾼들이었다.

이제 나는 누가 갑자기 찾아온다고 해서 그 정도로 심각해지지 않고, 숨어야 한다는 강박관념도 느끼지 않는다. 조심스러워할 뿐이다.

마당을 차지한 두 사람은 자신들의 이야기에만 집중하느라 집안의 나를 전혀 눈치채지 못하고 있었다. 아무리 생각해도 그냥 보아넘기기 어려운 일이었다. 외부인이 맘대로 남의 집 마당에 들어와 시간을 보내고 있다는 사실이 불쾌했고, 그로 인해 내 생활이 통제당하고 있다는 답답함마저 들었다. 당장 나가서 주의를 줄까 말까 고민하는 사이 그들이 자리에서 일어났다. 다음번에 다시 보면 꼭 한마디해야겠다고 생각했다.

두 주쯤 지나 다시 그들이 왔다. 나는 마침내 벼르던 마음을 풀어놓으러 마당에 나갔다.

"안녕하세요? 저희 집 마당에 안 오시면 좋겠습니다."

듣는 쪽에서 불쾌할 수도 있었지만, 기왕 엄포 놓을 거면 확실하게, 구체적으로 할 필요가 있었다. 그래야 서로 오해가 없을 거였다. 그러자 노인 중 한 분이 멋쩍다는 듯 손가락으로 한쪽을 가리키며 말했다.

"어, 나 저 건너편 집에 사는 사람이야. 나 본 적 없나? 난 있는데."

"네…… 뵌 적 있는 것 같아요."

나도 모르게 고개를 끄덕였다. 하지만 우리가 본 적이 있든 없든 그게 중요한 게 아니었다. 불편하니 우리집에 함부로 들어오시지 말라고 한번 더 당부하려는데 그가 좁더 빨랐다.

"당신은 잘 모르겠지만 여기 우리 어릴 때 놀던 곳이야. 연자방아가 있었고, 동네 사람들이 모여서 정담을 나눴지. 그늘 밑에서 친구랑 얘기 나눌 겸 잠깐 왔는데. 뭐 문제 있나?"

예상치 못한 대답이었다. 추억이었구나, 이들을 여기로 부른 것이.

이 작은 마당이 옛날에 소나 말이 돌을 끌어서 곡식을 찧고, 사람들도 둘러앉아 이야기를 찧던 곳이었다는 건 나도 들어 알고 있었다. 그 때문에 이 집을 계약한 것도 있었다. 이 년 전 집 보러 온 나는 마당을 보자마자 생각했다. '아, 여기서 살고 싶다.' 우거진 나무들 사이로 쏟아지는 햇빛이 맘에 들었고, 우듬지에서 들려오는 새소리도 아침 알람으로 쓸 수 있을 것 같았다.

한밤에 글을 쓰다가 막히면 괜히 마당에 나와 어슬렁거렸다. 이곳에서 지어지고 들려졌을 이야기들의 부스러기를 줍는 상상을 하면 보물창고 하나를 가진 듯 마음 한쪽이 든든해지곤 했다. 인정하고 싶지 않지만 이곳에 추억이 있다면 두 노인은 그때 그 바스러진 이야기들의 저자이자 독자일 거였다. 내가 제주에 오기 전, 아니 태어나기 훨씬 전부터 이곳은 그들 마음의 앞마당이었던 것이다.

후회되었다. 듣지 말았어야 할 이야기를 듣는 바람에 내 것이었던 마당의 지분이 100%에서 60%쯤으로 순식간에 곤두박질치는 기분이었다.

"하지만 지금은 옛날도 아니고, 제가 빌려 살고 있잖아요."

"여긴 아냐. 지적도 찾아봐봐. 여긴 아닐 거야."

"아니, 무슨 말씀이세요?"

"나도 당신처럼 젊을 때가 있었어!"

더 다툴 엄두가 나지 않았다. 참으로 꼬장꼬장한 어른이었다. 우물쩍주물쩍하며 돌아서는데 화가 치밀었다. 이제는 내가 그들 추억의 공간을 점거한 사람 같았고, 외부인으로 밀려난 느낌이었다. 이 마당 논쟁에서 이긴다 한들 그게 뭔가. 새로운 적을 만드는 것뿐이었다.

집안에 들어와 승리감에 취한 듯 다시 웃음꽃을 피우고 있는 그들을 창문 너머로 내다보았다. 에어컨 바람을 최대로 해도 몸의 열이 식는 것 같지 않았다. 찬물을 벌컥 벌컥 마셨다. 온 신경이 마당으로 집중되었다.

이 괴로움의 원인은 무엇인가? 나도 옳고 저들도 옳다. 그래서 대립하는 것이다. 나의 마당은 계약이라는 물리적 세계에 있고, 저들의 마당은 추억이라는 형이상학적 세계에 있다. 두 세계에 걸쳐 존재하는 내가 그 사실을 무시할 수는 없다. 이어지는 다음 질문. 그렇다면 이 괴로움에서 자유로워지는 길은 무엇인가?

그때 엉뚱한 묘안이 떠올랐다. 어떤 문제에 봉착했을 때 관점을 바꾸는 건 해결책을 찾는 데 도움이 된다. 피식 웃음이 났지만 그 방법밖에 해볼 수 있는 게 없었다. 나는 서둘러 얼음물 두 잔을 만들어 쟁반에 담아 다시 마당에 나갔다.

조금 전까지 팍팍하게 굴던 내가 갑자기 상냥한 미소를 지으며 음료를 내려놓자 두 분은 당황해하는 듯했다.

"아니, 뭘 이런 걸."

"미안해서 어떡하나. 고맙네."

"저희 집에 오신 '손님'인데. 제가 결례했습니다. 다 드

다친 한낮

063

시면 잔은 그냥 자리에 두세요."

진심이 아니었다. 마당을 사수하기 위해 어쩔 수 없이 꺼내든 비장의 무기일 뿐이었다. 그들이 추억으로 곤란함을 주었으니 나는 다정함으로써 그 불편함을 돌려줄 생각이었다. 상황에 맞지 않는 타인의 친절은 부담감을 주기 마련이다. 나는 나의 고요한 일상을 지키기 위해 몇 번이고 환대를 계속할 결심이 서 있었다. 좀 오래 걸리면 어떤가. 그들은 결국 "잘 있게. 부담스러워서 더 못 오겠네" 하며 스스로 발길을 끊게 될 텐데. 그때까지 다툼 없이, 상처 없이 문제를 풀어가는 게 나에게는 중요했다.

그뒤 몇 번 더, 불과 요 며칠 전에도 두 분은 마당에 다녀가셨다. 어차피 장기전을 예상하고 있어서 처음처럼 속이 들끓진 않았다. 그사이 계절이 바뀌어 가을이었다.

바람이 좀 찬 것 같아 차를 데워 내갔는데, 차맛이 좋다고 연신 고마워하셨다. 이번엔 나도 같이 테이블에 앉았고, 한 어르신이 들려주는 고양이 묘선이의 사연 하나를 들을 수 있었다. 새끼 때 엄마랑 같이 다니는 걸 봤는데 어느 날부터 엄마가 안 보이더라는, 이 세상 모든 길고양이들이 지녔을 그렇고 그런 이야기. 그런데 그 빤하디빤한 이야기가 주는 감동이 있었다. 마침 그 사연의 주인공이 밥을 먹으러 마당에 왔기 때문이다. 불현듯 이곳에 바스러진 이야기들의 진짜 저자는 측은지심이었을지 모른다는 생각이 들었다.

"계속 말씀들 나누세요."

그만 돌아서는 내 마음이 이상하게 순했다. 괴롭지 않았다. 순수하지 않은 의도로 환대하는 척했을 뿐인데 나도 모르는 사이 진짜 다정함이 내게 깃든 모양이었다. 오늘은 귤 한 봉지 가득 주고 가셨다.

귤을 까며 이 글을 쓴다. 아무래도 나의 전략이 틀린 것 같다. 추억이 어떤 색을 띠든 추억이듯 다정함도 어떻게 표현되든 결국 다정함이다. 창문을 열자 선선한 바람이 분다. 마당에 열린 달이 시고 달다.

2부

상
상
력

눈이 오면 세상은 백지가 된다. 아무것도
쓰이지 않은 페이지. 동시에 모든 것이
쓰일 수 있는 페이지. 누군가에겐 상실의
자리이고 누군가에겐 새로운 시작이 될
거기에서 사람들의 이야기가 눈송이처
럼 사박사박 태어난다.

태풍이 오기 전에 우리는

우리집 마당에는 사십 년 된 폭낭(팽나무) 세 그루가 있다. 이 나무들을 심은 이를 며칠 전 집 앞에서 우연히 만났다. 그간 알아채지 못했는데 해마다 가지를 쳐주러 오는 모양이다. 우듬지가 잘 뵈지 않을 정도로 장성한 이 나무들에게도 돌봐주는 이가 있다는 데서 나는 뭉클한 것을 느꼈다. 그렇더라도 태풍이 몰아칠 때면 가지가 꺾이고 뿌리가 뽑혀 집을 덮치면 어쩌나 조마조마했는데, 그야말로 헛걱정이었다.

좀 공부해보니 폭낭은 뿌리가 깊고 튼튼하며, 줄기 역

시 곧고 단단해 태풍의 바람과 비를 잘 견디기로 알려져 있는 나무다. 폭낭뿐 아니라 소나무, 밤나무, 자작나무 등 몇몇 나무들이 일부러 잎을 떨어뜨려서 태풍을 피한다는 것도 알게 됐다. 바람이 닿는 면적을 스스로 줄이는 것이다. 내가 도저히 따라 할 수 없는 그들만의 대처 요령이 있는 거였다.

마당 한쪽에서는 거미가 열심히 줄을 치고 있다. 태풍이 빠르게 북상하고 있다는데 웬 거미줄인가. 고도로 예민한 감각을 지닌 거미가 태풍이 오는 줄 모를 리 없다. 한 연구 결과에 따르면 거미는 놀라운 청각을 갖고 있다. 거미줄을 외부 고막처럼 이용하는데 아주 먼 곳에서 소리가 일으키는 공기 입자의 움직임까지 포착할 수 있다고 한다.

나는 뉴스에서 태풍이 올라온다는 소식을 들은 다음부터 내내 일이 손에 잡히지 않는데, 이 거미는 태풍을 전혀 아랑곳하지 않고 있다. 늘 하던 일을 하며 자신의 리듬을 타는 데 빠져 있다. 작년에도, 재작년 태풍 때에도 거미는 이렇게 했을 것이다.

엊그제 서귀포에서 수업을 하고 돌아오다가 본 개들도 마찬가지일 거였다. 들개들이 밭에 앉아 있는 걸 보고 차를 세웠다. 한 마리, 두 마리, 세 마리…… 세어보니 모두 일곱 마리쯤 되었다. 제주에 들개가 얼마나 많다지만 한 무리의 들개를 본 건 그날이 처음이었다.

개들은 미동도 하지 않은 채 나에게서 눈을 떼지 않았고, 우리가 서로에게 멀었으므로 나는 어떤 위협도 되지 못했다. 그러다 그만 지루해졌는지 개들이 일어났고 리더로 보이는 검은 개의 뒤를 쫓아 이동하기 시작했다. 비탈을 넘어 산으로 올라가 안 보일 때쯤이 되자 나는 들개들이 이번 태풍을 잘 견뎌낼 수 있을지 염려하는 마음이 되었다.

그런데 생각해보니 다 군걱정이었다. 태풍으로부터 해를 입지 않으려면 산처럼 높은 곳으로 올라가 웅크리는 게 안전할 것이다. 그들은 스스로 위기에 대처하는 법을 나보다 잘 안다. 안전감을 얻기 위해 무슨 행동을 취해야 하는지가 본능적으로 몸에 배어 있다. 우물쭈물하고 있는 것은 나뿐이다.

감정에 너울이 일어 가슴이 답답한 느낌이 들 때가 있다. 세상사 내 맘처럼 되지 않는 게 당연하니 생각을 비우고 벗어나려 애써보지만 결코 쉬운 일이 아니다. 책상에 앉아 음악을 켜고 글을 써보고 책을 붙들어봐도 손에 잡힌 시집은 정교하게 횡설수설하고 있다. 평소 잘 안 하던 백팔배도 그때쯤엔 하게 된다. 굴신은 세상에서 가장 낮고 누추한 모습이 되어보려는 몸짓이다. 직립하는 인간이 자신을 누르고 꺾으려는 애달픈 의지다. 마음이란 짐승을 그렇게밖에 다룰 수 없을 때가 있다. 욕망하는 몸을 괴롭히면 마음은 순해진다. 반대로 순한 마음을 괴롭히면 그 몸은 더욱더 욕망하게 되어 괴로워진다.

　동식물이 본래 그러하듯 위기에 대처하는 능력과 감각이 나에게도 있을진대, 어쩐지 감감하다. 내 고향은 안면도安眠島다. 한자를 풀면 편히 잠자는 섬이라는 뜻이 된다. 편안한 잠은 평화와 안식을 준다. 그 때문인지 어릴 때는 파도 소리 들으며 잠도 잘 잤는데, 지금은 그렇지가 못하다. 나는 자면서 여러 번 자세를 바꾸곤 하는데 시작은 언제나 웅크림이다. 긴장하거나 마음이 두려울 때 몸을 웅크리게 되므로 잠은 위기에 대처하는 자세이다. 그마저도 바로 잠들지 못해 애꿎게 스마트폰만 들여다보다가 눈이 아플 때쯤에야 의식을 놓는 경우가 많다. 그러고 보면 어른이 된다는 건 어릴 때 자연스럽고 확실하게 알았던 걸 잊어가는 과정인 것 같다. 아는 것은 많아졌지만 그래서 더 모르고 살아가는 일이 잦아졌다.

　뉴스를 보니 태풍이 좀더 제주도에 근접한 모양이다. 허옇게 몸을 세운 파도가 서귀포 법환 포구를 집어삼킬 듯이 몰아치는 장면이 여러 번 반복된다. 어느덧 날이 깜깜해져 창밖에는 아무것도 보이지 않는다. 모두들 저마다의 피난처를 찾아 숨어들었을 시간이다. 나뭇가지에 걸린 바람은 비명에 엉켜 있다.

　그런데 나방 한 마리가 눈앞에 퍼덕거리고 있다. 아까까진 없었는데 잠시 창문을 열어둔 틈에 들어온 듯하다. 나방은 거실을 휘저으며 전등과 키스하느라 정신이 나가 있다. 우두커니 서서 노려보는 눈이 있음을 전혀 간파하지 못하고 있다.

조립식으로 지은 집이어서 강풍에 이따금 흔들리고 삐걱거리는 소리를 내는 이곳이 누군가의 피난처가 되었다는 게 의아하다. 나는 나방이 집안에 들어오면 보통 휴지로 잡아 내보내곤 하는데, 이번엔 차마 내쫓기가 미안하다. 나방의 작은 날개로 이 태풍을 견딘다는 건 무척 힘든 일일 것이다. 강한 비바람에 쓸려 날리다가 머리를 찧거나 날개가 다칠 수도 있다. 그렇게 태풍으로 해를 입은 동물은 다른 동물의 먹이가 될 가능성이 높다. 태곳적부터 이어져온 자연의 일이다. 개입할 일이 아니다. 하지만 오늘밤만은 예외여도 되지 않을까. 나방이 어딘가 편한 자리를 찾았는지 더이상 보이지 않는다.

그런데 씻으러 들어간 욕실에는 또 민달팽이 두어 마리가 들어와 있다. 천지간 벼랑길로 어찌어찌 여기까지 오느라 애쓴 노력이 눈에 밟힌다. 온갖 괴로움 쓸고 오느라 고운 발이 다 까매졌다. 환풍기가 돌아가는 구석 한편에는 조용히 거미도 자리해 있다. 이쯤 되면 숙박비라도 받아야 할 것 같다. 그런데 찾아보면 위험을 피해 숨어든 것이 이들뿐이 아닐 것이다. 흔들리는 집은 어느새 대피

소가 돼 있다. 방값은 다음 생에 받기로 약조하고 그들의
안전한 잠을 빌어준다.

　마음에 태풍이 불어닥칠 때 당신의 피난처는 어디인
가. 그것은 아마도 평화와 안식을 주는 장소일 것이다. 힘
과 용기를 주고, 사랑과 위로로 긴장을 풀어주는 곳일 것
이다. 그것은 물리적인 장소일 수도, 사람이나 추억, 믿음
일 수도 있다. 그 어딘가에 소속됨으로써 돌봄의 느낌을
받을 수 있다면 거기가 바로 피난처일 것이다.

　생각하면 그러한 내 마음의 피난처를 찾는 일에 너무
많은 시간을 써왔다. 위기에 잘 대처할 줄 몰라 머뭇거리
다 어리숙한 선택을 하곤 했던 내가 오늘밤, 어쩌다보니
불안해하는 생명들을 챙겨주는 사람이 되어 있다. 우리
는 이곳에서 다가오는 태풍을 함께 마중하고 배웅하게
될 것이다. 둥그렇게 발을 모으니 마음 또한 둥그러진다.
이상한 밤이다. 이들 곁에서 나도 비로소 안전감을 느끼
고 있으니 말이다.

기다림의 목적어

내가 자주 찾는 애월의 순두붓집 식당 한쪽에는 특별한 방이 있다. 그 방의 입구에는 이런 문구가 쓰여 있다. "이곳은 우리의 미래, 여러분의 자녀, 손주가 기다림을 배우는 공간입니다." 아, 기다림을 배우는 공간이라니. 말이 참 어여쁘다.

일찌감치 밥을 다 먹었거나 밥보다 노는 즐거움으로 배를 채우고 싶어하는 아이들은 어른들 옆을 떠나 그 방에 몰려가 있다. 아이들은 작은 미끄럼틀을 기어올라 미끄러지고, 기분을 통통 튀어오르게 하는 방방이를 뛰며

소리를 지르고, 바구니에서 블록들을 꺼내 뭔가를 만들어보는 데 집중한다. 이미 누군가가 차지하고 앉은 게임기 속 화면에 눈을 고정한 채 차례를 기다리는 아이도 있다. 자신이 아는 걸 알려주고 또 배우며 아이들의 시간이 새록새록 채워진다.

최근 노키즈존이 전국적으로 확산되고 있다는 기사를 보았다. 그중에서도 제주도가 가장 많은 모양이다. 자녀가 있다는 이유로 식당이나 카페 입장을 금지한다는 건 부당한 처사임이 분명하다. 그 누가 됐든 밥 먹고 여가를 즐기는 일에 차별이 있어서야 되겠는가. 자신이 사회에서 환영받지 못하는 존재라는 사실에 상처받을 아이의 심정을 생각하면 가슴이 아프다. 그 아이가 자라서 만들 세상은 내게 불편한 것을 차별하고 금지하는 푯말들로 얼룩져 있을지 모를 일이다. 물론 사업자들의 고충도 이해 못하는 바는 아니다. 언제든 벌어질 수 있는 어린이 안전사고의 문제나 다른 손님들에게 쾌적한 서비스를 제공하는 데 어려움이 있다는 그들의 호소 역시 간과할 수 없는 현실이기 때문이다.

노키즈존이 성행하고 있다지만 앞서 얘기한 애월의 한 식당처럼 어린이를 위한 별도의 공간을 갖춘 곳도 많다. 여건이 다를 수 있으니 모든 식당과 카페가 마땅히 그래야 한다고 주장할 순 없지만 배제가 아닌 배려로써 문제에 접근한다면 우리는 이 갈등의 해결점을 찾을 수 있을 것이다.

기다림을 배우도록 마련된 공간에서 아이들이 실컷 뛰어노는 걸 본다. 그렇다. 인간은 기다림을 배우며 성장하고, 아이들은 부모를 기다리면서 뭔가를 배운다. 나도 엄마를 기다리면서 많은 걸 배웠다.

영어를 처음 접한 것은 열한 살 때다. 돌아보면 그때가 나의 독학자의 태도가 형성된 첫해가 아닐까 싶다. 읍내 여관에 일 나간 엄마가 막차로 돌아올 때까지 영어 교재를 펴놓고 듣기 테이프를 들었다. 그것들은 중학교에 다니던 누나 거였는데 심심해서 자꾸 만지다보니 어느새 내 것이 돼버렸다. 육십 촉 전구 아래에서 서툴게 옮겨적은 알파벳이 움질거리는 걸 보는 게 좋았다. 당시는 초등학교 영어 교육이 시행되기 훨씬 전이고 친구들 중 알파벳을 읽거나 영어에 관심 있는 애도 아무도 없었지만, 나는 새로운 언어를 익힌다는 사실에 흥분을 감출 수 없었다.

영어는 그야말로 신세계였다. 듣기 테이프에서 흘러나오는 외국인의 목소리를 듣고 있으면 향기 좋은 다른 나라에 온 듯 마음이 동동거렸다. 나는 좀더 많은 영어 단어를 읽고 싶어 A부터 Z까지 글자 하나하나의 발음기호를 한글로 적어 나가기 시작했다. 한 장으로 정리된 그것만 갖고 있으면 못 읽을 단어가 없을 것 같았다.

영어 공부가 당기지 않는 날엔 멜로디언을 꺼냈다. 철퍼덕 마루에 앉아 가요 테이프를 틀어놓고 들리는 대로 따라 건반을 더듬거렸다. 그러면 가라앉았던 저녁이 좀더 활기 있어졌다. 악보 없이 청음만으로 연주하는 능력을 나는 그때부터 키우게 됐다. 그러면서도 손전등을 들고 밖에 나가 이리저리 휘저어보는 일을 잊지 않았다. 컴컴한 어둠 속에서 엄마가 어서 비춰지기를, 땅이 팬 데에 발을 헛딛지 않게 엄마의 조용한 걸음을 내 손전등 불빛으로 비추고 싶었다. 엄마는 대체로 제시간에 돌아왔지만 일이 늦게 끝나 집에 못 오는 날도 있었다. 그럴 때면 영어고 뭐고 아무것도 손에 잡히지 않았다. 엄마가 우리를 버리고 멀리 떠난 건 아닐까 불안했다. 그리되면 친척들은 아무도 우리를 거두려 하지 않을 것이고, 예정된 수순으로 고아원에 보내질 것이고, 우리 사남매는 뿔뿔이 흩어져 언젠가 티브이에서 본 것처럼 나중에 이산가족 찾기 방송에서나 다시 만나게 될 거였다. 기형도의 시 「엄마 생각」을 보면 그즈음 내 기다림의 시간이 그대로 담겨 있는 것 같아 잠시 울먹해진다. 누군가를 애타게 기다린다는 것은 그토록 서럽고 괴롭고 잔인한 일이었다.

프랑스의 기호학자이자 철학자 롤랑 바르트는 그의 유명한 저서 『사랑의 단상』에서 기다림을 이렇게 정의한다. '기다림: 사랑하는 이를 기다리는 동안 대수롭지 않은 늦어짐으로 인해 야기되는 고뇌의 소용돌이.' 기다림을 하나의 명령이자 권력을 가진 자의 특권이라고까지 표현한 그는 다음의 예화를 소개한다. 옛날 중국의 선비가 기녀를 사랑했다. 선비의 사랑을 확인해보고 싶었던 기녀는 이런 제안을 한다. 우리집 정원 창문 아래에 의자를 가져다놓고 백일 밤을 기다린다면 그때 기꺼이 당신의 사람이 되어주겠노라고. 선비는 날마다 그곳에 가서 기녀를 기다린다. 하루 이틀이 가고 마침내 아흔아홉번째 되는 날 밤이다. 이제 하룻밤만 있으면 기다림이 끝나는 것이다. 그러나 선비는 지쳤다. 그는 자리에서 일어난다. 의자를 팔에 끼고 그곳을 떠난다.

이야기 속 기녀처럼 나도 본의 아니게 기다림을 시험하는 사람이 되었던 적이 있다. 몇 년 전 서울에 올라온 고향 친구들과 셋이서 만나기로 했을 때였다. 약속 시간 열시에서 무려 두 시간이나 늦고 말았다. 전날 밤 급한 원고를 보느라 밤을 거의 새다시피 한 터여서 오전에 일어나기가 쉽지 않았는데, 점심때가 다 되어 도착해보니 친구 한 명이 크게 화가 나 있었다. 미안하다고 거듭 사과했지만 받아들여지지 않았다. 아침 일찍 기분좋게 올라왔건만 두 시간 넘게 나를 기다리고 있다는 생각 때문에 이번 여행을 다 망친 것 같다는 거였다. 다른 친구가 나서줘 어설프게나마 화해했으나 종일 그런 어정쩡한 상태로 함께 돌아다니는 상황이 되었다. 내내 미안한 마음이 들면서도 이렇게까지 분노할 일인가 싶어 헤어질 때쯤엔 나도 그만 불편한 속을 드러내고 말았다. 그러지 않았어야 했다. 아무리 격의 없는 사이일지라도 그냥 넘어가기 힘든 상황이 있다. 그날 나는 그의 자존심에 큰 상처를 준 것이다. 그는 지금까지도 화를 풀지 않고 있다.

기다림이 언제 끝날지 알 수 없을 때 기다림은 본래의 의미를 잃어버린다. 그 사람의 인내심을 바닥나게 하고 자괴감을 일으키며 외롭게 한다. "기다려본 적이 있는 사람은 안다"는 황지우 시인의 시구처럼 나는 무엇을 기다리는 동안 초조했고, 누구를 기다리게 하는 동안 불안하게 하며 오늘에 이르렀음을 안다.

'기다리다'라는 동사는 언제나 목적어를 필요로 한다. 기다림에 대상이 없다면 그 행위의 의미가 모호해지기 때문이다. 물론 사뮈엘 베케트의 희곡 〈고도를 기다리며〉의 인물들처럼 기다리는 대상이 기다림 그 자체일 수도 있겠다. 중요한 것은 그게 무엇이든 우리는 그것을 기다리며 살아간다는 것일 테다. 그러고 보면 인생은 '나'라는 주어와 '기다린다'라는 서술어 사이에 어떤 목적어를 놓는 일인지 모른다.

이제 나는 기다림의 목적어가 우리를 설레게 하면서 동시에 괴롭게 하는 무엇임을 깨닫고, 인생의 어순을 바꿔 쓰는 노력을 하고 있다. 예를 들면 이런 것이다. '나는 기다림을 쓴다.' '나는 기다림을 노래한다.' '나는 기다림을 살아간다.' 어순만 바꿨을 뿐인데 삶을 대하는 관점이 조금은 달라진 것을 느낀다.

첫눈이 조금 내렸고 밤에는 오지 않았다

두 달 전 전주에 다녀왔다. 어머니 생일에 맞춰 안면도 집에 갔다가 다음날 바로 외갓집을 찾았다. 일흔일곱 살 어머니는 아흔세 살 외할아버지께 매일 전화를 한다. 정말이지 하루도 빼지 않고, 건강이 어떠신지 식사는 잘 하셨는지 문안을 여쭙는다. 할아버지는 와병중이라 집안에만 계신 지 오래지만, 전화기 너머 칼칼한 음성만은 삼십 년 전 내가 처음 들었던 그대로다. 정지한 것 같은 할아버지의 일상이 어머니의 궁금함 덕분에 생기를 되찾는다.

저녁을 먹다가 외할아버지 이야기가 나왔다. 건강이

많이 안 좋아지셨다고, 코로나 기간 삼 년 동안 한 번도 못 뵀다고 아쉬워하시기에 내가 부추겼다. "생일 선물 드릴게. 가요." 마침 차도 렌트했으니 다녀오자고 했다. 갑작스레 친정 방문을 하게 된 어머니의 표정에 아이 같은 미소가 떠올랐다. 어머니 드시라고 사온 과일이고 소고기고 다 필요 없었다.

다음날 오후, 따가운 여름 햇살을 등지고 전주로 차를 몰았다. 신앙생활을 하는 어머니가 좋아할 법한 찬송가를 틀자 따라 부르셨다. 이미자, 남진 등의 노래도 틀어보았더니 같은 반응이 돌아왔다. 기분좋으시구나. 두 자리대 나이에서 앞자리를 지우게 하는 설렘이 어머니를 어화둥둥 얼러주고 있는 것 같았다. 안면도 해저터널을 지나 대천 국도변에서 찻길 사고를 당한 개를 보았다. 잘못한 게 개인지 사람인지 설왕설래하는 사이 서해안고속도로에 들어섰다.

할아버지를 뵈었다. 행여나 눈물을 쏟으시면 어쩌나 했는데 어머니는 예의 설렘을 감추고 어제도 그저께도 본 듯이 담담하게 할아버지를 대했다. 그러고는 주방에 가서 오랜만에 만난 이모들과 담소를 나누었다. 그동안 나는 어디 있을 데도 마땅치 않아 외할아버지 방에 앉아 있었다. 전국 폭염 특보 확대를 전하는 텔레비전 뉴스 소리가 방안에 찌렁찌렁 울렸다. 할아버지의 공간은 오 년 전과 달라진 게 없어 보였다. 헤아릴 수 없이 많은 약봉지들, 방 한구석에 쌓인 신문지들, 그 위에 놓인 볼펜과 안경. 나는 하릴없이 스마트폰만 만지작거리고 있었다.

"그래, 제주에 있다고? 뭐 해먹고 사냐?"

"그냥 이것저것 해요……"

"이것저것이 뭐다냐?"

할아버지가 텔레비전 소리를 낮추고 물으셨다. 달라진 것 없는 이 방에서 유일하게 달라진 건 할아버지라는 생각이 들었다. 우리 사이에 이런 식의 대화를 나눠본 적이 없어서 나는 어디서부터 말을 꺼내야 하나 망설였다. 일단 떠오르는 대로 도서관과 서점, 기관 등에서 글쓰기와 사진 수업을 진행한 이야기, 모슬포에 있는 서점에서 상주작가로 활동하는 이야기, 최근에 이웃 동네 영국인 친구에게 치매와 돌봄을 주제로 한 책을 소개받아 출간한 이야기 등을 들려드렸다. 그중 책에 흥미를 보이시는 것 같아 그 작가의 인터뷰 영상을 검색해 보여드리며 "제가 만들었어요" 하자 "네 아버지 닮아서 재주가 많구나" 하셨다. 할아버지가 기억하는 사위, 아버지가 어떤 사람인지 궁금했지만 속상하실 것 같아 묻지 않았다.

그나저나 새삼스러운 일이었다. 외할아버지는 무뚝뚝하고 나는 숫스러운 편이어서 우리는 그전까지 오 분 이상 대화를 이어가본 적이 없었다. 그런데 벌써 삼십 분 넘게 이야기를 나누고 있었다. 불과 몇 년 사이 할아버지도 나도 뭔가 심경에 변화가 있었던가보았다.

"할아버진 어떻게 지내세요?"

빤하고 시시한 질문. 이런저런 창작 수업에서 대답보다 우선되는 가치가 질문이라고 누누이 강조하던 내가 고작 이 정도 질문밖에 못 하다니. 하지만 정말로 그게 궁금했다. 막연히 짐작만 할 뿐 투병 중이라 늘 누워 지내시는 할아버지의 하루가 어떻게 시작돼서 마무리되는지 나는 하나도 아는 게 없었다. 다행히 할아버지는 대답을 해보기로 마음을 먹은 듯했다.

"……일어나서 밥 주면 밥 먹고, 티브이 보고, 싸고, 먹고…… 별거 있간디."

이야기가 이렇게 흘러서는 안 될 것 같았다. 나는 질문을 바꿨다. 어릴 때 어떻게 사셨느냐고. 그가 몇 차례 기침을 하더니 망연히 창밖으로 시선을 던졌다. 자그맣게 울던 매미 소리가 커졌다. 그렇게 나와 할아버지는 당신이 태어난 1929년부터 지금에 이르는 무려 구십삼 년에 걸친 꽤 긴 이야기를 나누게 되었다.

외할아버지 이용환은 1929년 전북 완주에서 천석꾼이었던 외증조의 독자로 태어났다. 1929년은 광주에서 항일학생운동이 일어난 해이고, 미국에서 제1회 아카데미 시상식이 열리고, 영국에선 세기의 배우 오드리 헵번이 태어난 해다. 근대사의 한 페이지를 장식한 중요한 시기에, 슬하에 자식이 없어 근심하던 외증조는 늦은 나이에 아내의 동의를 얻어 이웃 마을에서 씨받이 여인을 들이게 된다. 영화로나 접했던 백 년 전 풍습이다. 어렵게 태어난 만큼 그는 귀여움을 많이 받았던 모양이다. 그런데 어찌된 일인지 출생의 비밀을 일찌감치 알아버렸다. 십대가 될 때까지 걸핏하면 친모의 집에 가서 머물다 왔다. 열다섯 살이 됐을 때 한 살 아래 참한 규수와의 혼담이 오갔다. 후사를 빨리 얻기 위해서든 일제에 의해 끌려가는 것을 피하기 위해서든 민간에 아직 조혼 풍습이 남아 있던 때다. 훗날 나의 외할머니가 되는 박옥선은 부농의 딸로 태어나 어려서 소학과 천자문을 뗀 재원에다 손이 야무지기로 소문난 아이였다. 그러나 그것과 상관없이 부잣집 도련님이라는 신분과 씨받이 여인에게서 태어난 아이라는 정체성 사이에서 혼란스러워하던 사춘기 소년에겐 상대가 누구든 원치 않는 혼례였다. 그리하여 예식을 올린 다음날 소년은 야음을 틈타 저 서정주의 시 「신부」에 나오는 신랑처럼 홀연 집을 나가버리고 만다. 어디든 멀리 가고 싶었던 그는 갖고 있던 돈을 모두 털어 일본 홋카이도로 가는 배표를 샀다. 아, 홋카이도라니! 스케일도 크셔라. 당시 홋카이도에는 강제징용으로 끌려온 많은 조선인이 있었는데 그것과 달리 그는 자발적 유배지로 그곳을 선택한 것이었다. 위험천만한 모험이었지만 홋카이도에 가면 큰돈을 벌 수 있다는 소문이 그를 이끌었다. 타고난 손재주에 운도 따랐던 그는 여러 죽을 고비를 넘겨가며 기술을 팔아 2년 동안 돈을 벌었다. 그러고는 해방이 되자 집으로 돌아왔다. 절구를 찧고 있던 아내가 이제 왔느냐고 담담하게 그를 맞았다.

놀라운 이야기를 많이 들었다. 한 사람의 생에서 서사화된 기억은 그것 자체로 흥미로운 드라마다. 어느 날 아내의 등쌀에 떠밀려 모악산으로 나무를 하러 갔다. 자신보다 몇 배나 커진 지게를 짊어지고 살금살금 산에서 내려오던 그는 문득 화가 났다. 지게고 뭐고 다 패대기쳤다. 도시락도 내팽개쳤다. 집으로 돌아온 그의 꼴을 본 아내가 어이없다는 듯 물었다. "지게는 어딨다요?" 그는 "이깟 나무 다신 안 혀!" 하고 소리쳤다. 그러고는 예전처럼 또 집을 나가버렸다. 한 달 후 그가 돌아왔는데, 이번엔 장작을 가득 실은 트럭과 함께였다. "이제 다신 나무 해오란 소리 하지 마라잉." 외할아버지 이용환은 그때부터 운수업을 시작했다. 작은 트럭 한 대가 덤프트럭 여덟 대로 자랐다. 여든 살 때까지 전국을 돌아다니며 일을 했다.

그러다 외할머니가 돌아가시고 자신의 병도 깊어지자 모든 사업을 정리하고 은퇴했다.

할아버지의 이야기가 너무 재밌어서 메모하며 들었다. 그러나 정작 본인은 무덤덤했다. 나로선 처음 듣는 얘기지만 그로선 이미 몇 번이나 돌려본 영화일 거였다.

그런데 아까부터 눈에 띄는 게 있었다. 장롱 손잡이에 낡은 노트가 끼워져 있었다.

"할아버지, 저건 뭐예요?"

"이거…… 일기장."

이제부터 들려줄 이야기는 구순을 넘긴 외할아버지의 머리맡을 지킨 그의 일기장에 대한 것이다. 이름하여 투병일기. 모월 모일 대변을 봤다, 모월 모일 대변 못 봤다, 모월 모일 대변 실수했다…… 어느 달엔 몇시 몇분 시간까지 정확하게 기재해서 할아버지는 십 년 넘게 일기를 써오고 있었다. 나는 그의 기록 의지에 놀랐다.

"원래 이렇게 꾸준히 글을 쓰셨어요?"라고 묻자 할아버지는 아프니까 쓰게 됐다며 이전엔 작업비 청구서나

썼지 뭘 써본 적이 없다고 했다. "왜 다른 내용은 안 쓰세요?"라고 물었더니 할아버지는 자신의 하루 일 중 가장 중요한 게 대변이라서 그것에 대해서만 쓴다고 했다.

순간 그 말씀에 가슴이 쿵 내려앉았다. 나에게 가장 기본적인 것이 그에겐 가장 중요한 일이라는 게 당혹스러웠고, 어쩌면 삶이라는 게 그 단순함을 향해 나아가는 것일지 모른다는 생각에 머릿속이 하얘졌다.

할아버지에게 대변 기록은 중요한 일이지만, 일기장에 그것만 있는 건 아니었다. 가끔 아래와 같이 담담하면서 애잔한 기록도 있었다.

"11월 26일. 음력 10월 15일. 새벽 4시 20분 변 봤다. 전주에도 첫눈이 조금 내렸다. 종일 눈이 오고 계속 오고 있다. 밤에는 오지 않았다."

할아버지는 병마와 싸우면서 시를 쓰고 계셨구나. 창밖에 희끗희끗 날리는 눈을 보고 오롯이 하루를 두고 적어 내렸을 이 몇 글자가 내겐 시 같았다. 노트에 나풀거리는 눈송이 같은 언어들을 만져보고 싶었지만 손을 대면 녹아 사라질 것 같았다.

"아퍼. 온몸이, 그냥 매일매일이 아퍼."

할아버지는 몸 여기저기를 짚어가며 자세히 설명해주셨다. 자신의 몸이 얼마나 여위었는지, 기력이 없다 보니 감정도 점점 메말라가는 것 같다고, 텔레비전에서 탤런트들이 아무리 눈물 쥐어짜고 통곡을 해도 아무 느낌이 없다고.

통증을 호소하는 넋두리가 아니었다. 인간의 몸이 아흔을 넘기면 어떤 상태가 되는지 할아버지는 가르쳐주고 싶어하시는 듯했다. 투병일기는 나날이 저물어가는 당신의 삶을 끝까지 성찰하겠다는 의지일 거였다. 이 년 가까이 지켜본 '썩은 사과' 생각이 났다. 만약 사과가 내게 무슨 말을 해줄 수 있었다면 바로 이것이리라 생각했다. 나는 늙음의 조언들을 귀여겨들었다.

얼마 전 할아버지가 돌아가셨다. 급속도로 몸 상태가 악화돼 병원에 입원한 지 이틀 만에 숨을 거두셨다. 새벽에 눅눅한 목소리로 할아버지의 부고를 전한 어머니는 큰누나가 전주에 같이 가주기로 했다며 고마워했다. 그

러고는 내게 조심히 올라오라고 당부하며, 올 때 우황청
심환 좀 사다달라고 하셨다.

나는 세상에서 가장 슬픈 여행은 문상 가는 길이라고
생각한다. 서울에 살 땐 나만 살피느라 자주 떠나지 못했
던 그 여행길을 위해 요즘은 자주 짐을 챙긴다. 제주공항
에서 이륙한 비행기가 구름 위에 안착하는 순간 문득 떠
올랐다. 그날 할아버지의 말씀 중 나를 울렸던 한마디는
이것이었다.

"나는 세상에 친구가 하나도 없다. 모두 죽어서. 내가
너무 오래 살아서."

그 말이 참 슬펐다. 늙음은 나를 나 자신과 나의 세계로
부터 멀어지게 하는 힘의 작용인지 모른다. 나는 앞으로
나 자신과 나의 세계로부터 얼마만큼 멀어지게 될까.

이 글은 내가 늙음의 강을 거쳐 죽음의 큰 바다로 나아
간 외할아버지를 기억하고 추모하는 방식이다. 그리고
매년 겨울 초입이 되면 언젠가 당신의 마른 눈에 글썽거
렸던 첫눈의 생애를 나는 기도처럼 되뇔 것이다.

첫눈이 조금 내렸다.

종일 눈이 오고

계속 오고 있다.

밤에는 오지 않았다.

모든
삶은

서사다

나는 가끔 소설을 쓴다. 등단하지 않았으니 어디서 작품
청탁이 올 리 없고 내 소설을 공개적으로 기다리는 독자
의 존재도 만무하다. 하지만 그에 상관없이 나는 벌써 몇
십 년째 소설을 쓰는 사람으로 살고 있다. 예전에는 이 별
것도 아닌 애길 지금처럼 잘 말하지 못했다. 부러 떠들 것
도 없지만 그래도 눈치 빠른 사람은 어떻게든 알았고, 잘
쓰고 있냐고 넌지시 알은체하기도 했다. 그러면 부끄러
워 얼른 화제를 돌렸다.

　일본 소설가 마루야마 겐지는 젊은 시절 해양 무선사

로 일하면서 그의 데뷔작 「여름의 흐름」을 썼다. 직장 생활을 하면서 그 정도 작품을 써낸 것도 놀랍지만, 더 믿기지 않는 건 그게 첫 소설이었다는 거다. 게다가 그는 그 작품으로 아쿠타가와 문학상까지 받았다. 당시 기록으로 최연소 수상. 상금으로는 빚을 갚았다고 한다. 이후 그는 일체의 직장 생활을 거부하고 수도승처럼 오지로 들어가 오직 원고료 수입만으로 창작 생활을 하게 되는데…… 곱씹을수록 직장인의 성공신화 같은 이야기다.

물론 나도 문예지 신인상 공모전이나 신춘문예 등에 여러 번 응모했었다. 응모 시즌이 되면 저절로 조바심이 났고, 전에 쓴 소설이 회생이 가능한지 원고 곳간을 열어보고 아니다 판단되면 새로 들어가곤 했다. 작법서들의 조언에 따라 초고는 무조건 사흘 안에 탈고했는데, 시간이 별로 없어서이기도 했다. 봐야 할 원고들에게서 잠시 시간을 빌려오는 거라서 서둘러 쓸 수밖에 없었다. 마감 당일까지 원고를 고쳤다. 하늘은 간구하는 자를 돕는다고 당선 소감문을 미리 써보라 조언한 선배가 있었다. 간절함이 부족해선지 결과는 늘 낙선이었다. 좋다는 평가를 받지도 못하면서 왜 나는 그토록 소설쓰기에서 헤어나지 못하고 있었던 걸까.

소설에 빠져든 것은 초등학교 4학년 때다. 마을에 금 캐러 온 광산 아저씨를 따라 태안 읍내 서점에 갔다가 난생처음 소설책을 샀다. 현기영 「순이 삼촌」과 윤흥길 「장마」가 나란히 실린 중앙일보사판 중편소설집이었다. 제목에 쓰인 '순이' '장마' 모두 익숙한 단어여서 오래 고민하지 않고 집어 들었다. 장편 동화인 줄 알았는데 집에 와서 펴보니 전혀 아니었다. 무르고 싶었지만 다시 태안까지 가려면 너무 멀었다. 그냥 읽기로 했다.

두 소설에 대한 기억이 진하게 남아 있는 이유는 여태 잊히지 않는 강렬한 이미지 때문이다. 「순이 삼촌」을 읽은 날 마루에서 낮잠을 자다가 가위에 눌렸다. 참혹하게 쌓인 시체들 사이에서 눈뜬 순이 삼촌의 눈알이 내게 쏟아질 듯 희번덕거렸다. 당시 4.3사건은 물론 제주도가 정확히 어디 있는 섬인지도 몰랐던 나는 해설을 보다가 이 소설이 실화를 바탕으로 씌어졌다는 데 충격을 받았다.

무서운 것은 또 있었다. 윤흥길의 「장마」에는 내가 너무도 무서워하는 구렁이가 나왔다. 하지만 어쩐지 슬픈 구렁이였다. 돌팔매질을 당하며 집안에 들어오는 구렁이 부분이 낯익어 가엾은 눈으로 읽었다. 내 또래의 화자가 들려주는 이야기에 흠뻑 빠져들었다. 나도 이런 서사를 써보고 싶다는 생각이 처음으로 들었다.

고1 겨울방학 때 첫 소설을 탈고했다. 작문을 가르치던 현종갑 선생님이 1학년생 모두에게 숙제를 냈다. 방학 기간 동안 소설 한 편을 써오라는 거였다. 분량은 자유였고 자기가 가장 잘 아는 이야기를 쓰면 잘 써질 거라고 했다. 그 한 달 남짓을 나는 몹시 설레어 지냈다. 이전에도 소설 비슷한 걸 써서 친구들에게 돌린 적이 있지만, 이번엔 독자가 어른, 그것도 선생님이라는 게 달랐다. 아버지의 생애를 중심으로 일제강점기부터 88올림픽 때까지 삼대에 걸친 우리 집안 이야기를 써보기로 했다. 언젠가 어머니, 삼촌, 고모, 작은할아버지에게 들은, 사실이 확인되지 않은 이야기들이 그럴듯한 문장이 되어 종이 위에 떠올랐다. 눈이 소복소복 내리는 날에도, 눈사람이

녹는 날에도 나는 곱은 손을 녹여가며 연필을 쥐고 있었고, 마침내 원고지 150매에서 끝을 맺었다. 나중에 선생님이 말씀하시길 1학년생 중에 숙제를 한 사람이 나뿐이라고 했다. 선생님에게 소설에 대해 피드백을 받았다. 나는 내가 아버지의 짧았던 삶을 이해하기 위해 그 글을 썼다는 걸 알았다.

아닌 게 아니라 정말로 그랬다. 한 편의 소설이 된 아버지의 삶은 그전과 비교하면 좀더 이해할 만한 형태로 내 안에 그려졌다. 언뜻언뜻 조각나 있던 단순한 에피소드들이 그의 성장과 변화에 초점을 맞춰 스스로 이야기를 맞춰나가고 있었던 것이다. 놀라운 경험이었다. 내 소설에서 서사가 된 아버지는 곤경에 처할 때마다 어떤 패턴을 보였고 대가를 치러야 했다. 도무지 무섭고 수수께끼 같았던 그의 삶이 내내 탈출구를 갈망하고 있었다는 생각이 들었다.

몇 년 전 여름, 소설가 윤후명 선생님과 그의 소설전집 출간 작업을 한 적이 있다. 선생님은 화요일 또는 수요일마다 회사에 나왔고, 우리는 냉차나 냉수 따위를 옆에 두고 매주 키를 높여가는 교정지를 넘겨가며 의견을 주고 받았다.

사소설, 아니 '나―소설'로 일컬어지는 강력한 1인칭 주의자로서 그와 소설 속 화자는 그 거리가 멀지 않아 보였다. 어느 때는 불쑥불쑥 소설 속 화자였고 동시에 그 화자를 부추기는 소설가였다. 사담을 나눌 때도 무엇이 허구이고 진실인지 잘 갈피를 잡을 수 없었다. 여운이 남는 어떤 이야기를 듣고 나면 그 장면이 꼭 소설에 있었다.

"선생님 소설은 인물도 상황도 다 다른데, 한 사람 이야기처럼 서로 이어져 있는 것 같아요."

어떻게 이렇게 자기 자신을 자연스럽게 소설화할 수 있는지 그 비결이 궁금해 물은 것인데 돌아온 대답은 이랬다.

"내 모든 것이지. 작가는 결국 한 권의 책을 쓰는 거라네."

한 권의 책은 당신의 문학과 삶의 은유일 거였다. 나는 소설로 쓰인 그의 모든 글을 읽는 일이 그가 걸어온 길을 따라가보는 것과 다르지 않다는 걸 알게 되었다. 선생님은 용감한 분이었다.

그렇다. 자기 삶을 소설로 쓴다는 것은 무엇보다 자신의 감정과 경험을 솔직하게 표현할 수 있는 용기를 전제로 한다. 있었던 사실을 그대로 쓸 필요는 없고, 또 그렇게 하려고 해도 잘 되지 않는다. 전체의 흐름을 꿰다보면 내가 경험한 사건은 재해석되고 새로운 관점을 얻게 된다. 거기에 흥미로운 설정이 보태지며 캐릭터, 플롯 등도 새롭게 만들어진다. 삶은 그렇게 서사가 되고, 작가는 자신이 쓴 글을 통해 조금 더 나아갈 힘을 얻는다.

물론 삶을 하나의 이야기로 대하는 것이 반드시 옳은 방식은 아니다. 우리 삶은 텔레비전 연속극처럼 전개되지 않으며 그보다 훨씬 더 다양하고 복잡한 것이다. 서사적인 틀로만 삶을 보다보면 현실의 모호함이나 모순, 예상치 못한 사건들을 간과하거나 단순화할 우려가 있다.

그러나 그 모든 위험함에도 불구하고 나는 당신이 한 번쯤 소설을 써보기를 바란다. 개인의 삶을 서사화하다보면 어떤 곤란함도 특별한 이야기가 되는 경험을 하게 된다. 감정으로부터의 해방, 치유의 효과도 있다. 인간은

이야기하는 동물이고, 그 자신이 지닌 이야기로서 존재
한다고 믿는다. 당신은 어떤가. 어떤 서사를 가진 사람인
가. 시간이 오래 걸려도 좋으니 당신이 쓴 소설 한 편을
읽어보고 싶다.

1인칭

음악적 시점

음악을 문학에 이어 나의 두번째 언어로 들이기로 결심한 것은 1993년 겨울방학 때의 일이다. 그때 나는 초등학교 6학년이었는데, 어느 날 저녁 교육방송에서 방영하는 야니Yanni의 아크로폴리스 라이브 실황 공연을 넋이 빠진 채 보고 있었다. 아크로폴리스를 꽉 채운 관객과 신비한 느낌을 주는 화려한 조명도 멋졌지만, 그보다 나를 더 홀린 건 긴 머리를 휘날리며 피아노와 신시사이저를 번갈아 연주하는 야니라는 뮤지션, 그리고 뉴에이지라 불리는 그의 음악이었다.

런던 로열필하모닉오케스트라와의 협연으로 더욱 풍성해진 그의 음악은 내가 입때껏 들은 어떤 음악보다 웅장하고 비장미 넘치며 서정적이었다. 비디오레코더가 있었다면 당장 녹화했겠지만 그런 것은 없었고, 있는 게 라디오카세트뿐인지라 나는 서둘러 공테이프를 넣고 녹음 버튼을 눌렀다. 테이프 릴이 돌아가기 시작했다. 전에 라디오에서 녹음한 노래들이 지워지고 그 위에 새로운 소리가 덧입혀지고 있었다. 만화 할 시간이라고 채널을 돌리고 싶어하는 동생에게 쉿! 하며 입에 손가락을 가져다 댔다. 가슴이 콩닥거렸다. 우와, 이거 뭐지? 이런 음악을 나도 한번 만들어보고 싶었다.

하지만 그때 내가 음악에 대해 아는 거라곤 도레미파솔라시도가 다였다. 오선지를 보면 음표들이 철창에 갇힌 듯 답답했고, 눈앞이 울렁울렁했다. 음반 가게에서 2천 원 주고 산 서태지와 아이들 복제판 테이프를 틀어놓고 춤추고, 팬레터 쓰는 게 당시 음악과 관련한 나의 유일한 취미였다. 아니, 생각해보니 한 가지 더 있긴 하다. 손가락으로 테이프 릴을 돌려가며 노래를 리믹스하는 것이었다.

90년대에는 댄스 장르의 오리지널 곡이 인기를 끌면 얼마 후 리믹스Re-mix 버전이 나와 그 상승세를 이어가는 일이 빈번했다. 라디오에서는 한 디제이가 나와 오후 2시에서 4시 사이라는 황금 시간대에 그런 곡들만 선곡해 틀어주는 프로그램도 있었다. 그러고 보면 90년대는 리믹스의 시대였던 것 같다. 전통적인 한복에 현대적인 디자인을 접목한 한복이 유행했고, 전통적인 음악에 현대적인 악기를 접목한 음악이 인기를 얻었다. 옛것과 새것을 섞어 새로움을 창조해내는 일이 문화를 이끌었다. 그러나 나는 그런 것은 잘 몰랐고, 단지 음악을 더욱 재미있게 만드는 리믹스에 푹 빠져 있었다.

요령은 간단했지만 정교함이 필요한 작업이었다. 테이프 릴을 뒤로 또는 앞으로 감으며 강조하고 싶은 노래의 특정 마디를 두세 번 반복하고, 좀 지루하다 싶은 전주와 간주를 잘라냈다. 언뜻 듣기에 비슷한 노래를 이어 한 곡처럼 만들어보거나 노래 중간에 내 목소리를 녹음해 넣어보기도 했다. 믹스든 리믹스든 이렇게 단순한 작업이 아닌 걸 지금은 잘 알고 있지만, 그땐 그게 그런 것인 줄만 알았다. 소리가 녹음되는 과정에 전혀 무지했으므로 엉뚱한 짓도 많이 했다. 주로 테이프에 뭘 묻히는 거였는데, 그중 풀을 으깨어 즙을 테이프에 묻히고 다른 소리(가령 식물의 속삭임 같은 것)가 녹음됐을까 스피커에 귀를 기울였던 게 생생히 기억난다.

어쨌든 이 모든 작업을 하기 위해선 기본적으로 테이프가 두 개 들어가는 더블 데크가 필요했다. 우리집에 있는 건 워낙 작달막한 것이어서 더블 데크 라디오카세트나 전축이 있는 친구네 또는 읍내 할아버지 집을 이용할 수밖에 없었다. 특별히 할아버지 집에 갈 때는 의무적으로 하룻밤 자고 와야 하는 수고가 있긴 했지만, 밤새 혼자서 음악을 가지고 놀 수 있다는 이점이 있었다. 데크가 세 개, 네 개 더 있으면 엄청난 소리를 뽑아낼 수 있겠다 생각했다. 글로 설명하니 좀 복잡해 보이지만 오늘날엔 오디오 편집 소프트웨어로 누구나 쉽게 할 수 있다.

중학교에 입학했을 때 가장 먼저 눈에 들어온 것은 강당 한쪽을 차지한 전자피아노였다. 야니가 멋지게 연주하던 신시사이저만큼 전문적으로 보이진 않았지만 피아노를 비롯해 128가지 악기 소리를 낼 수 있었고, 재즈와 록, 팝, 보사노바 등 다양한 리듬을 자동으로 연주하는 기능도 갖고 있었다. 내가 다닌 학교는 미션 스쿨의 특성상 매주 토요일마다 채플에 참석해야 했는데, 반주를 맡은 음악 선생님이 가끔 스트링 앙상블과 하프시코드를 섞어 찬송가를 연주할 때가 있었다. 그러면 나는 노래를 부르다 말고 한순간 음악 감상하러 온 사람이 되었다.

야니를 접한 뒤로 음악은 소리 장난감의 의미를 넘어 아름다움을 경험하는 일로 변해갔다. 녹음테이프가 늘어질 때까지 몇백 번은 들었는데, 더는 못 듣겠다 싶어 음반 가게에 가 야니의 아크로폴리스 음반을 제값 주고 샀다. 집에 돌아와 첫 곡 〈산토리니Santorini〉를 듣는데 콰쾅 하는 부분에서 새삼 가슴이 벅차올랐다.

그날부터였을 것이다. 나는 야니의 음반을 들으며 음악과의 접선을 시도했다. 마루에 앉아 왼쪽에 탬버린(드럼이었다)을 엎어놓고 머리빗으로 두들기며 고개를 흔들었다. 멜로디언에서 침이 흥건하게 떨어지도록 건반(피아노 혹은 리드 악기였다)을 눌렀다. 마구잡이로 놀리는 손안에서 음들이 풀씨처럼 날아올랐고 허공을 부유하다 제자리를 찾아 내려앉았다. 피아노 좀 쳐본 사람들에게 청음훈련은 대단한 일이 아니지만, 혼자 음악을 공부하던 내게는 놀라운 경험이 아닐 수 없었다. 들리는 음과 표현하려는 음이 정확히 일치한다는 게 마치 서로의 말을 오해 없이 알아듣는 순간 같았다. 무엇보다 뭉클했던 것은 연주에 몰입할 때 슬며시 찾아드는 희열감이었다. 고작 멜로디언을 삑삑거리는 정도였지만 한 곡을 통과하는 일이 정신을 쏙 빼놓았다. 그런 일이 자꾸 반복되다보니 어느 순간 사람들에게 내 음악을 만들어 들려주고 싶은 꿈을 키우게 되었다.

피아노는커녕 악보도 볼 줄 모르는 내가 음악을 만들다니. 그것은 글을 읽거나 쓸 줄 모르는 사람이 작가가 되기를 소망하는 것과 다르지 않다. 요컨대 이뤄질 수 없는 일이다. 누가 대신 그의 이야기를 글로 옮겨주지 않는 한 불가능한 것이다. 그런데 삶이 재미있는 건 정말 바라게 되면 진짜 그렇게 된다는 점이다. 생각이 모든 것을 바꾼다.

뭔가 하려고 할 때 사람은 보통 부정적인 방향으로 마음이 좀더 기우는 것 같다. 만족시켜야 할 조건들은 도처에 널려 있다. 그것들이 해결되지 않는 한 아무것도 할 수 없겠구나 하는 생각에 사로잡힌다. 어느 순간 내가 진짜 하고 싶은 일은 뒷전에 가 있고, 나를 주눅 들게 하는 것에서 해방되는 게 지상과제가 된다. 나도 그렇다. 뭔가를 하려고 할 때 마음 한쪽에서 자꾸 경고음부터 들린다. '그걸 할 수 있겠어?' '그걸 지금 꼭 해야겠니?' 그때마다 내가 애써 귀기울여 찾는 것은 첫 마음이 품고 있는 것, 하고 싶은 일을 해나갈 용기와 의지의 소리다. 중학교 때는 다행히 그런 게 있었다.

나는 내게 어떤 흥미도 불러일으키지 못했던 정규 음악 수업의 과정에서 벗어나보기로 했다. 대신 얇은 피아노 코드북 한 권과 새 공테이프를 샀다. 그리하여 음악실을 번질나게 드나들며 코드북에 나온 모든 음을 짚어보고 그 음들의 관계를 분석하면서 갓길로(?) 화성학에 입문했다. 그리고 곡을 녹음하고 언제든 다시 들어볼 수 있는 카세트테이프를 나의 악보로 삼기로 했다. 그렇게 몇 달 후 2학년에 올라갔을 때 첫 자작곡을 만들 수 있었다. 그리고 고등학생이 되고부터는 미디MIDI라는 걸 알려준 음악 선생님을 통해 컴퓨터 음악에 눈을 떴고, 더이상 카세트테이프가 필요 없어졌다.

요즘엔 대부분의 뮤지션이 컴퓨터 프로그램으로 작곡을 한다. 그들은 옛날처럼 오선지에 악보를 그리지 않고 마우스나 건반으로 음을 찍는다. 뿐만 아니라 벨로시티와 패닝, 음을 떠는 트릴 주법처럼 세심한 연주가 필요가 부분도 모두 표현할 수 있다. 녹음 또한 간단해서 완성한 곡을 바로 음악 파일로 내보내기 해서 어디든 업로드할 수 있다. 미디/오디오 시퀀스라 불리는 이 프로그램은 종류가 다양하고, 사용법도 쉬운 편이다. 이제는 음악 이론을 얼마나 깊이 있게 아는가보다 그 자신의 음감과 창의성이 중요한 때가 됐다. 피아노를 잘 치고 악보도 잘 읽을 수 있다면 더 좋겠지만, 그게 음악을 하기 위한 필요조건은 아니라는 것이다.

나는 중학교 때부터 지금까지 방구석 뮤지션으로 살

아왔다. 퇴근하고 곡을 만드는 일이 그날의 일기를 쓰는 것 같아서 좋았다. 그 곡들은 오백 곡 정도를 헤아리는데 여러 개의 하드디스크에 나뉘어 저장돼 있다. 방구석에서 혼자 만들고 혼자 듣는, 말 그대로의 방구석 뮤지션답게 음원 사이트와는 거리가 멀다. 오래전에 정유정 작가의 장편소설을 출간하며 만든 북사운드트랙 음반에 참여하며 만든 곡이 음원 사이트에 딱 하나 올라 있을 뿐이다. 마음이 내키면 신곡 등록을 하고 활동도 하겠지만 나 자신이 발표 기회나 음악으로 명성을 얻는 일에 별로 관심이 없다. 고백건대 내 음악은 아직도 일기 수준에 머물러 있고, 음악이 내내 그 자리를 지키고 있다는 것만으로 나는 충분하다.

그래도 몇몇 곡들은 온라인에서 발표되는 기회를 얻었다. 2000년대 중반 편집자로 처음 발을 디딘 나는 처음으로 편집한 책을 출간하며 북트레일러를 만들기 시작했다. 아직 북트레일러라는 용어가 등장하지 않았을 때다. 책, 음악, 영상을 결합한다는 게 어떤 의미가 있는지는 몰라도, 내가 좋아하는 것들을 섞어 새로운 이야기를 만들어내는 흥미로운 작업임엔 틀림없었다. 책을 만든다는 건 그 속에 깃든 한 세계를 살아가고 사랑하는 일이다. 그토록 정든 세계가 이제 곧 사람들을 만나러 떠나는데 뭐라도 붙여주고 꾸며주고 싶은 게 편집자의 마음이다. 언론사와 서점에 배포할 보도자료를 다 쓰고 나면 작곡 프로그램을 열었다. 책의 이미지를 떠올리며 한 음 한 음 소리를 새겨가는 일이 진짜 나의 '보도자료 쓰기'였던 셈이다.

언젠가 터키 소설가 이흐산 옥타이 아나르의 소설을 편집하고 내게 머문 감동을 음악으로 만들어본 적이 있다. 원고와 관련해 뭔가 상의할 때 보통은 그 작품을 번역한 번역가와 소통하지만 그날은 어떤 일인가로 원저자에게 메일을 썼다. 메일 끝에 작곡한 음악을 같이 첨부하며 간단히 편집 소감을 적었는데, 다음날 메일을 열어본 나는 깜짝 놀라고 말았다. 그는 그 곡이 맘에 들었던지 "뉴욕 타임스의 어떤 리뷰보다 훌륭하다!"라고 답신을 보내온 것이었다. 들어준 것만으로도 영광인데 뜻밖의 과한 상찬에 몸 둘 바를 몰랐다. 지금은 이렇게 생각한다. 내

곡이 들을 만했다기보다 먼 나라에서 자신의 번역 책을 만드는 편집자가 글이 아닌 음악을 통해 마음을 나누려는 데에 반가움을 표한 것이라고.

책을 만들며 사람들과 음악으로 소통한 경험은 이 밖에도 많이 있다. 노르웨이에 살고 있는 손화수 번역가와는 재즈 뮤지션으로 더 알려진 셰틸 비에른스타의 소설 작업을 오랫동안 함께하며 틈틈이 음악적 교감을 나누었다. 피아노를 전공한 그는 이따금 내 음악에 대해 이런저런 조언을 해주곤 했다. 대학 선배를 통해 처음으로 작곡 의뢰를 받아 만든 시노래 〈달과 나무〉를 그가 특히 좋아해주었던 게 기억난다. 우리는 책을 만드는 과정에서 메일로만 간간이 소통했지만, 둘 다 텍스트와 음악이라는 세계에 몸담고 있다보니 어떤 동질감 같은 게 늘 느껴졌다. 일에 너무 매몰되면 내가 누구와 일하고 있는지 보이지 않을 때가 있다. 내가 일에 매달려 있는 만큼 그도 지쳐 있을 것이다. 그럴 때 문득 안부처럼 나누는 음악은 부드럽게 말 걸기이다.

요즘에는 일주일에 한두 시간쯤 음악 작업을 한다. 독

학으로 익힌 건반 연주 실력은 그럭저럭이지만 괜찮다. 최근의 마음을 건반에 옮겨 가볍게 읊조리고 들여다볼 정도면 된다. 예전에 마음이 복잡하거나 외로울 때는 하루종일 건반 앞에 앉아 있을 때가 많았다. 나에게 음악은 아주 내밀한 것이어서 그 속에 품어지면 잠시 카타르시스를 느끼곤 하는데, 그래도 너무 오랫동안 머물다보면 스스로 피폐해지는 감도 있는 것 같다. 좋아하는 일을 꾸준히 계속하려면 이는 바람직한 방법이 아니다. 그래서 시간을 배분했다. 월요일에는 글을 쓰고, 화요일에는 사진을 찍고, 수요일에는 글쓰기와 음악을 병행하고, 목요일에는 영상을 찍고, 금요일부터 주말 동안엔 하고 싶은 걸 하는 식이다. 경우에 따라 요일에 하는 일이 바뀌고, 한 가지를 며칠씩 하는 등 잘 안 지켜질 때도 있긴 하지만, 어쨌든 의식적으로 균등하게 일정 시간을 할애해 이것들을 하려고 하는 편이다. 다시 말하면 나의 언어가 된 글, 사진, 음악, 영상과 숨쉬듯 자연스럽게 오랫동안 함께 하고 싶은 것이다.

눈에 대한
몇 가지 감각

눈 소식이 있는 날 저녁엔 가급적 약속을 잡지 않는다. 싸락눈이든 진눈깨비든 함박눈이든 희고 차가운 것이 허공에 나풀거리기라도 하면 가슴이 쿵쿵 뛴다. 누군가와 함께 있다가 창밖에 펼쳐지고 있는 그 장면을 보았다면 조바심이 난다.

연인들이 가족들이 친구들이 서로에게 만나자는 메시지를 주고받을 때 나는 정반대의 마음이 된다. 이상하게도 모두와 잠시 떨어져 있고 싶어지는 것이다. 언젠가부터 그런 날 카메라를 들고 길에 나가는 일이 가장 중요한 일이 돼버렸다.

어스름이 깊어졌을 즈음, 나는 집을 나서 가로등 불빛을 받아 앞서가는 내 그림자를 따라 걷는다. 보풀처럼 내리는 눈의 빛에 홀려 다른 사람의 그림자와 헷갈릴 때도 있다. 그들은 어둠 속으로 천천히 사라진다. 목적지가 있고 기다리는 이가 있는 사람들은 오래 그림자를 드리우지 않는다. 그들이 떠난 뒤 이 눈이, 이 밤이 다 걷힐 때까지 내가 길에 남아 있으리란 걸 나는 경험으로 알 수 있다. 오늘의 음악으로 정한 슈만의 〈트로이메라이〉 역시 내내 반복될 거라는 것도.

매일 오갔던 동네 골목이 하얗게 낯설어지는 광경이 나는 반갑다. 사람들 사이에 떠 있던 어둠이 흐릿하게 지워지며 하얀 도트들로 알알이 채워지는 순간 역시 황홀하다. 김 서린 카페 유리창에 손가락 낙서를 하는 연인들, 호주머니에 손을 넣고 비틀거리는 취객, 눈을 맞으며 하루 장사를 마감하는 시장 상인들, 어느 집 처마 밑에 앉아 눈 구경하는 길고양이들 모두 내게는 한겨울의 상징 같다.

눈길에서 사진을 줍는다는 것은 단지 그럴듯하게 예쁜 장면을 채집하는 것만을 의미하진 않는다. 그보다는 바라보는 동안 잠시 그것의 삶과 의지와 감정을 추체험하는 행위에 더 가깝다. 요컨대 상상력이다.

뷰파인더에 들어온 눈송이 하나가 땅에 닿을 때 그것은 허밍처럼 내 귓전을 때리고, 초점을 놓친 눈송이 하나가 입술을 적실 때 나는 어릴 적 나의 겨울 보양식이었던 그것을 달게 삼킨다. 그럴 때 피사체는 고정된 형상을 벗고 다르게 인식된다. 빤한 그것이 아니라, 나였다가 너였다가 우리였다가 기억 속 그것이었다가 끝내 헛것으로 눈에 비치기도 하는 것이다. 그리고 잘 알다시피 헛것은 규범이 없다. 헛것은 무방비하다. 헛것은 자유다.

어떤 눈은 난분분 내리지 않고 완강히 솟구친다. 땅에 닿기도 전에 치솟는다. 가쁘게 승천하는 눈발들 사이로 생각인지 기억인지 모를 문장들이 나풀거린다. 나는 내 몸에 점점이 파인 하얀 구덩이들을 얼얼하게 내려다본다.

아득한 옛날부터 눈은 그 앉은 자리가 묏자리. 내림으로써 일생 몫의 경험을 다하는 것. 지상에 착지하기 전까지 무슨 꿈을 꾸고 있었을까. 그것은 아마도 찬란하게 슬 픈 꿈, 아아 입을 벌려 내가 받아먹고 싶은 꿈, 누구와 나 눠 먹을 만큼도 안 되는 꿈, 먹어도 먹어도 배부르지 않을 가난한 꿈, 아무도 기억하지 않을 허름한 꿈, 그렇게 사그 라지는 꿈……

　벌써 몇십번째 귓속을 떠도는 슈만의 음악은 조금 더 느리고 무심하게 걸어보라고 내 발걸음을 종용한다. 나 는 1955년 여름의 슈만을 떠올린다. 그때 그는 정신병원 에 입원해 있었다. 음악가의 길에 들어선 이십대부터 우 울증과 조울증 등 마음의 병을 앓기 시작한 그는 삼십대 가 되자 증세가 더욱더 심각해져 극도의 불안 속에서 몇 번의 자살시도를 했다. 그는 망가진 삶과 창백한 죽음 사 이에 끼어 있었고, 시선이 사라진 눈은 회복이 불가능해 보였다. 어느 날 슈만의 제자이자 처음으로 그의 전기를 썼던 바질레프스키가 스승의 병문안을 온다. 그는 슈만 이 병실에 놓인 피아노 앞에 앉아 즉흥 연주를 하는 모습 을 보고 가슴이 먹먹해져 오래 눈을 떼지 못한다. 나중에 고백하기를 그는 슈만의 연주를 참고 듣기 어려웠다고,

멜로디가 텅 비어 있었다고, 그것은 마치 상처 입고 파괴된 정신으로부터 나오는 것 같았다고 그날의 정경을 고통스럽게 묘사한다. 내가 듣는 〈트로이메라이〉는 호로비츠가 연주한 것이다. 강렬한 감정이 일어난다. 희고 검은 멜로디가 아름답게 나를 그을린다.

스미는 '눈:빛'은 길고 더듬는 '눈빛'은 짧아서 사랑하는 서해에 안부 전화를 넣었다. 어머니는 이 시간에 김장을 하고 있다. 밥 잘 챙겨 먹고 든든하게 입고 다니라는 말과 함께 통화가 끝난다. 마침내 겨울이 왔다는 자명한 사실을, 나는 눈 속을 더듬으며 겨우 깨닫고, 어머니는 김치를 담그며 맛있게 깨닫고, 지금 퇴근하는 사람은 내일 아침 눈길에 지각할까 조마조마 깨닫고, 퇴로가 막힌 늦가을의 은행잎은 아뿔싸 깨닫는다.

길이 굽어진 곳에서 걸음이 어리광을 부린다. 나는 느릿느릿 곡선으로 흐른다. 가로등 전봇대 아래 한 무더기의 발자국이 소란하게 모여 있다. 눈에 찍힌 발자국은 마음의 상형문자. 누구를 기다리고 있었을까. 무엇을 생각하고 있었을까. 쿵쿵 응답처럼 그 옆에 내 발을 떨어뜨려

본다. 장난처럼 땅이 눌린다. 지구가 깊어진다. 멀리 달나라까지 가서 발자국 찍고 온 사람 부럽지 않다.

나는 계속 발걸음을 옮기고 카메라는 종종 한눈을 판다. 그가 보는 곳은 내 눈의 변방, 맹점의 벌판. '뭘 봐? 거기 뭐 있어?' 으스스한 느낌에 말을 걸어봐도 대답 없고 어이, 건드려도 꿈쩍 않는다. 온 마음을 다 뺏긴 듯 렌즈의 초점이 문득 글썽거리면 나도 괜히 뜨거워진다.

길은 차갑게 뜨거워져 있다. 이런 장면은 어떤 영상에선가 본 적이 있다. 목이 마르다. 어느 해 겨울, 수천수만의 돼지들, 살처분 당하던 그 생지옥의 구덩이, 내리는 눈발을 받아먹던 한 생명의 순한 눈이 떠올라 나는 소스라친다. 얼마나 많은 죽음 위에 눈은 내렸던가. 얼마나 많은 슬픔 위에 눈은 쌓였던가.

나는 조건반사처럼 혀를 내민다. 나는 내 혀를 적시는 기쁨에 취해 있다. 나는 눈을 먹는 일에 빠져 있다. 이 하얗고 차가운 것을 죄다 입속에 받아 넣어 허기질 때마다 꺼내어 씹고 빨아보리라는 어설픈 희망 같은 것이 나는 있다. 씹고 삼킴으로써 그것이 되어보고 그럼으로써 그것을 가져보고 싶은 것이다. 나의 눈은 정신착란이다. 가져보지 못한 것을 간절히 바랄 수는 없다. 어느 날이고 한번은, 잠깐은 가져보았기 때문에 간절히 더 갖고 싶어지는 것이다. 나의 눈은 욕망하는 살이다. 세상을 덮힐 그 뜨거움들 실컷 비웃으며 다 꺼뜨려주겠다고 공수낙하하는 나의 눈은 중무장한 쿠데타 세력이다.

눈이 내릴 때 나는 무시로 눈의 영토를 넘나들고 싶어하고, 거기 어디쯤에 나의 텃밭이나 드난살이할 만한 애인의 방 하나 얻어두고 싶기도 하다. 눈발의 활주로에서 감히 눈의 허공을 노린다. 눈의 영토를 넘보지 않기란 퍽 어려운 일이다. 대기 속에서 결빙된 존재로 낙하한다는 것은 내 오랜 꿈이기 때문이다. 그들이 내게 그러하듯이 나 역시 누군가의 이마에 차갑게 닿고 촉촉이 혀를 적시는 눈이 되어 내리고 싶은 것이다. 그리하여 내가 그러했듯이 그 역시 불가능을 꿈꾸는 다른 누군가의 싱싱한 눈이 되어주기를 바라는 것이다.

잠시 눈을 감고 눈을 맞는다. 말할 수 없는 것들, 다시 말해지지 않을 것들, 그만 새하얗게 덮자고 내 지붕 위로도 펄펄 눈이 내린다. 눈이 오면 세상은 백지가 된다. 아무것도 쓰이지 않은 페이지. 동시에 모든 것이 쓰일 수 있는 페이지. 누군가에겐 상실의 자리이고 누군가에겐 새로운 시작이 될 거기에서 사람들의 이야기가 눈송이처럼 사박사박 태어난다. 나는 눈 내리는 밤에 그 환한 길을 걷는다.

말하는 낮,　　　　　듣는 밤

사람은 하루종일 몇 마디의 말을 할까? 한 연구에 따르면 1인당 하루 평균 소설 한 권 분량에 해당하는 단어를 말한다고 한다. 그렇게나 많다고? 평균이라는 점에 주목하자. 사람마다 말하는 횟수가 다르긴 하겠지만, 우리는 생각보다 많은 말을 하고 사는 것이다.

질문을 바꿔본다. 그렇다면 사람은 얼마나 오랫동안 한마디도 하지 않을 수 있을까. 그 질문의 대답 역시 사람마다 다를 테다. 어떤 사람은 몇 시간 동안, 어떤 사람은 몇 주 동안, 어떤 사람은 몇 달 동안, 또 어떤 사람은 몇 년 동안 말을 하지 않을 수 있다. 여러 가지 이유가 있을 것이다. 어떤 사람은 말을 하고 싶지 않아서, 어떤 사람은 말을 할 수 없어서, 또 어떤 사람은 말을 할 필요가 없어서 한마디도 하지 않을 수 있다.

혼자 살다보니 집에서 대화 없이 하루를 보낼 때가 종종 있다. 전혀 아무 말도 안 하는 건 아니다. 다만 오가는 대화가 없는 것뿐이다. 나는 설거지를 하며 원고를 보며 밤 산책을 하며 혼잣말을 한다. 그것도 열심히. 어쩌면 말하는 법을 잊어먹지 않으려고 그러는 것 같다. 하루에도 몇 번씩 밥 먹으러 나를 방문하는 고양이들은 좋은 말벗이다. 내가 "야옹" 하기 전에 먼저 "야옹" 하고 인사를 한다. 주고받는 말은 "야옹"이 전부이지만 많은 이야기를 나눈 느낌이 든다.

며칠 그렇게 지내다보면 걸려 오는 전화에 예민해진다. 이제는 "야옹"이 아니라 인간의 말을 해야 할 때다. 그런데 상대편이 쏟아내는 말들을 오롯이 받아낼 재간이 없다. 기분이 나쁘거나 우울한 상태가 아닌데도 그렇다. 대답할 타이밍을 놓치면 저쪽에서 묻는다. "무슨 일 있냐?" 나는 아무 일 없고 아무 문제 없다. 말하는 게 잠시 어렵고 낯설어졌을 뿐이다. 그가 이런 나를 이상해하지 말고 하던 얘길 계속했으면 좋겠다.

잘 알고 지내는 시인에게 전화가 걸려 온 것은 그 무렵이었다. 제주장애인주간활동센터에서 발달장애인들을 대상으로 예술 프로그램을 하게 됐는데 그중 4회차를 맡아달라는 것이었다. 한동안 얼굴을 못 봐 안부전화를 하셨나 여겼는데 뜻밖이었다. 무슨 얘기인가 좀 더 들어보니 발달장애인들이 직접 시와 산문을 쓰고 그림을 그려 책을 출간하는 것을 기획의 얼개로 하고 있다고 했다. 나보고는 그들의 시 낭독과 작곡 수업 진행, 영상 제작을 부탁했다. 장애인의 예술 체험이나 창작의 접근성이 현저히 낮은 작금의 상황에서 의미 있는 활동이 될 것 같았다. 흥미로운 기획이었다.

기획자로 나선 시인은 시아버지가 갑작스레 병상에 눕게 된 상황에서도 장애인 예술 프로그램에 열의를 보였고 진심을 다하는 것 같았다. 조만간 만나서 구체적인 안을 논의하기로 하고 전화를 끊었다. 하지만 이내 다른 생각 하나가 머릿속에 피어올랐다. 발달장애라는 용어부터 낯선 내가 과연 그들과 잘 소통할 수 있을까. 더욱이 나는 요즘 말발도 잘 서지 않는데 말소리나 제대로 낼 수 있을지 걱정이 되었다. 다행히 프로그램이 시작되더라도 내 차례가 되기까진 몇 달의 시간이 남아 있었다. 나는 내가 만날 사람들이 어떤 특징이 있는지 자료를 찾아 공부해보기로 했다.

어느 날 함께할 사람들을 미리 인사시켜주겠다는 시인의 연락을 받고 장애인주간활동센터에 갔다. 가서 보니 일전에 산지천갤러리에서 기획전시를 할 때 내 사진을 관람하러 온 이들이었다. 사진의 오브제가 된 썩은 사과의 2년 여정의 끝을 설명하는 대목에서 빵 터져 웃던 얼굴들이 기억났다. 우리가 한 번 만난 적 있다는 사실이 나의 긴장감을 조금 누그러뜨렸고, 우리가 비슷한 연배라는 점이 또 거리를 좀더 좁혀주었다. 수강생 중 한 명도 나를 보자 문득 그때가 떠올랐는지 몸을 비틀며 무슨 말인가를 하기 시작했다. 그러나 미안하게도 나는 그가 하는 말을 한마디도 알아들을 수 없었다. 이런 장애의 특징에 대해 미리 조금이나마 공부를 했다는 사실은 아무 도움이 되지 못했다. 뒤에 서 있던 센터 직원이 그에게 다가붙었다. 그러고는 그와 눈을 맞추며 말을 통역해주었다.

세상에 얼마나 많은 언어가 있을까. 2023년 기준 전 세계엔 약 7천 개의 언어가 있다고 한다. 이중 천 명 이상이 사용하는 언어는 200개 정도이다. 사용자 범위를 좀더 넓혀서 보면 영어, 중국어, 독일어, 스페인어, 프랑스어, 러시아어 등 10여 개 정도로 추릴 수 있겠다. 하지만 나는 생각이 다르다. 언어는 상호 간의 의사소통 체계이므로 전 세계 인구가 80억 명이라면 세상엔 80억 개의 언어가 있다. 이 땅의 생태계를 함께 이루는 동물들과 식물들의 보이지 않는 언어까지 합한다면 그 수는 기하급수적으로 늘어날 것이다. 그날 썩은 사과의 기억을 더듬어 뭔가를 말하려 애쓰던 그의 언어는 내가 처음 만난 80억분의 1의 언어였다.

그로부터 한 달 후 시 낭독과 작곡, 영상 제작을 함께할 예술 강사로 그들을 다시 만났다. 다른 강사 분들과 함께하며 쓴 시와 산문이 완성됐고, 삽화로 들어갈 그림들까지 모두 끝나 있었다. 자유롭지 않은 손으로 자신의 감각을 열어가며 얻어낸 결과물들일 거였다.

나는 4회차 중 2회는 시와 산문 낭독을, 나머지 2회는 작곡으로 강의 계획을 짰다. 결과를 얻는 것보다 과정의 섬세함이 중요했다. 발달장애인은 신체적으로 근력이 약하거나 관절이 유연하지 않아 오래 앉아 있는 것을 힘들어할 수 있다. 또 집중력이 떨어져 지루해할 수도 있고, 사람에 따라 불안하거나 두려움을 느끼기도 한다. 그러니 말소리가 잘 안 들린다고, 낭독이나 연주가 서툴다고 "다시"를 외칠 수 있는 조건이 아니었다. 뿐만 아니라 소리를 내는 데 어려움이 있는 입과 건반을 세심하게 누르기 힘든 손가락의 감각을 표현하는 작업이었기에 '그럼에도 해보려는' 한 번, 두 번의 용기가 소중했다. 그 용기를 최대한 존중하기 위해 나도 여느 때보다 준비를 탄탄히 했다.

마이크, 오디오 인터페이스, 컴퓨터 등의 녹음 장비와 미니 건반, 헤드폰, 스탠드 조명 등을 교구재로 챙겼다. 그리고 카메라를 삼각대에 고정해놓고, 때때로 손으로 들고 이리저리 오가며 특별한 순간들을 영상으로 담기로 했다. 녹음, 촬영, 수업 진행, 나중엔 편집까지 1인 4역을 해야 하는 험로가 예정돼 있었지만, 새로운 언어를 만난다는 내 기대감에 비하면 아무것도 아니었다.

누구는 천천히, 누구는 목발을 짚고, 누구는 그대로 휠체어를 몰아 마이크 앞에 앉았다. 한순간 라디오 아나운서가 된 듯 옆자리 친구가 빛나 보이는 상황을 다들 재밌어했다. 한 사람씩 헤드폰을 쓰고 이펙트가 먹여진 자신의 목소리를 듣고 놀라는 표정을 지켜보며 나도 재밌었다.

한 번씩 연습해보고 본격적으로 낭독하는 시간을 가졌다. 발달장애인이 시를 낭독하는 장면은 매우 특별했고 아름다움마저 느껴졌다. 몸속 어딘가 종유석처럼 붙어 있던 언어들이 세차게 흔들리다 뽑혀나오는 듯했다. 발음은 부정확해도 그들이 낼 수 있는 최선의 소리였고, 글자에 갇혀 있던 시가 부서지며 다시 쓰이는 소리였다. 내게 전화했던 시인이 왜 이 프로그램을 기획했는지 그제야 이유를 조금 알 것 같았다. 모든 글이 좋았지만, 휠체

어에 앉은 이에게서 흘러나온 이런 시는 특히 나를 뭉클
하게 했다.

> 휠체어는 아침마다
>
> 나의 다리가 되어서
>
> 먼 곳까지
>
> 데려다주는데 힘들지
>
> 나는 네가 없어지면
>
> 이동을 못해서
>
> 나는 슬퍼져

_고혁준의 시, 「나의 다리」

내가 그의 휠체어였다면, 불현듯 가슴이 뜨거워져 슬
며시 바퀴를 부풀렸을 것 같다. 휠체어의 안부를 묻고 위
로한 그는 이 시를 쓰며 위로받았을 게 분명하다. 누구나
아는 쉬운 어휘들로 자신의 정서를 진솔하게 표현하는
일이 얼마나 어려운지, 또한 감동을 주는지 이 시를 읽으
며 새삼 깨닫게 된다. 엄지를 치켜세우고 싶은 글은 뒤에

또 있었다. 이번엔 여성분이 쓴 산문이었다.

여섯 살까지 세브란스 병원에서 지냈다. 언어와 물리 치료 때문에 지친 어느 날 고영배 아저씨가 병원으로 찾아왔다. 어린 환자들 앞에서 〈아빠와 크레파스〉를 불러주었다. 노래에 물들었다. 우리는 떼창을 했다. 박수와 떼창으로 건물이 무너질 것 같았다. 나는 그곳에서 배우도 만나고 내가 복을 많이 받은 아이라고 생각했다.

_임혜성의 산문,「복을 많이 받은 아이」

글에 등장하는 고영배 아저씨가 누군진 모르지만 참으로 고맙고 아름다운 추억을 선물해준 듯하다. 〈아빠와 크레파스〉는 단조로 진행되는 다소 슬픈 느낌의 노래인데, 어린 환자들은 그 노래에 물들고 건물이 무너질 듯이 떼창을 한다. '내가 복을 많이 받은 아이라고 생각했다'라고 쓴 부분에 이르면 지은이의 맑고 명징하고 긍정적인 맘씨에 그만 먹먹해지고 만다. 이것은 새로운 언어를 만나고 싶다는 내 기대치를 훨씬 뛰어넘은 것이었다. 이분들

혹시 내가 모르는 시인들인가? 설렘을 감출 수 없었다.

2주 뒤 이어진 작곡 수업에서도 그들은 훌륭하게 자신만의 소리를 끌어올려 들려주었다. 컴퓨터 음악을 처음 접할 것 같아 먼저 시범을 보였는데, 다행히 흥미로워했다. 이 작은 키보드로 여러분이 지금까지 들어보았거나 상상하는 모든 소리를 낼 수 있다고 유혹하자 눈이 반짝거렸다.

지난번처럼 누구는 천천히, 누구는 목발을 짚고, 누구는 그대로 휠체어를 몰아 건반 앞에 앉았다. 32마디가 주어졌고, 지금부터 연주하는 음악은 모니터스피커를 통해 모두에게 들려질 거였다. 피아노, 바이올린, 드럼, 베이스, 신스리드, 플루트 등 각자가 고른 여섯 개의 악기가 트랙을 생성하며 연주됐다. 메트로놈이 시계 초침처럼 재깍거렸지만 연주자들은 그에 상관없이 엇박자 리듬을 타고 있었다. 어떻게 연주하든 음악은 음악이었다. 내가 만일 음악이었다면, 규칙과 제한에서 해방된 기쁨에 폴짝폴짝 뛰었을 것 같다. 음악은 원래 자유다.

한 달 동안의 수업을 모두 끝내고 나는 이제 영상 편집을 앞두고 있었다. 마감일까지는 일주일 남짓 남아 있었다. 영상 편집 프로그램 타임라인에 비디오, 오디오 파일들을 올려놓고 싱크를 맞추는 데 이틀 밤이 걸렸다. 노이즈 제거와 컴프레싱, 저음역대 조정 등 녹음 파일의 사운드 믹싱을 미리 해둬서 다행이었다. 나머지 사나흘 동안할일은 자막과 색보정, 인트로 등을 구성하는 것이었다. 그런데 한두 시간이면 끝날 줄 알았던 자막 작업에서 덜컥 문제가 생겼다.

안 들렸다. 모두가 그런 건 아니었고 중증 발성장애를 가진 한 사람의 목소리가 그랬다. 그는 반장을 맡고 있고 내게 친절하며 미소도 정말 어여쁜 사람이지만, 내가 알기에 가장 난이도가 높은 언어의 소유자이기도 했다. 그가 내는 소리는 '에에에에'뿐이라 사실 녹음할 때부터 후반 작업이 걱정되긴 했다. 그래도 글과 대조해보면 조금은 들리겠지 싶었는데, 안 들렸다. 나는 '종달새'의 아름다움을 노래한 그의 낭독을 일단 맨 뒤로 미뤄두고 다른이들의 영상부터 손봐나갔다.

낮에 채집한 소리를 듣는 밤이었다. 헤드폰을 쓰고 글

을 살피며 다시 들으니 수업 때 잘 감지하지 못한 낭독자들의 감정이 생생하게 전달됐다. 그것은 자신이 겪은 고통과 아픔을 담담하게 술회하는 강인함이었다. 오늘의 자신을 있게 한 이들에게 수줍게 전하는 감사 인사였다. 목소리들에서 가느다란 떨림이 느껴졌다. 사람의 목소리는 그 자신의 생각과 마음을 발신하는 전파다. 저마다 주파수 대역이 다르므로 누군가의 전파를 수신하고 싶다면 나의 안테나를 바로 세우고 그쪽으로 방향을 돌릴 일이다. 한 어절, 한 문장을 끊어 들으며 영상에 글자를 올려놓는 작업이 나에겐 멀리서 오는 전파를 수신하는 일이었다.

하룻밤을 꼬박 새워 다른 영상들을 끝내놓고, 마지막 남은 '종달새'의 소리를 듣기 위해 다시 헤드폰을 쓰고 볼륨을 높였다. 여전히 그의 소리 어디에 글자들을 놓아야 할지 막막했다. 전체 길이를 기준으로 적당히 쪼개어 자막을 흘리는 방법이 있었지만 그러고 싶지 않았다. 다른 사람들은 알아채지 못한다 해도 낭독한 본인만은 그게 틀린 걸 잘 알 것이었다. 그렇다고 이 밤에 그에게 연락해 확인을 받는 것도 까다롭고 현실성이 없었다. 전에 찾아 읽은 발달장애인에 대한 인터넷 자료에서는 '인내심을 가질 것, 대화의 흐름을 따라갈 것, 장애인의 의사소통 방식을 존중할 것' 등을 조언하고 있었는데, 내가 놓치고 있는 게 무엇인지 속이 답답해졌다. 잠시 마당에 나가 바람을 쐬기로 했다.

나뭇가지에 걸린 달이 끔벅끔벅 졸고 있었다. 쇠줄 끌리는 소리가 들리더니 옆집 개가 공연히 짖었다. 아무것도 없는데 무얼 보고 짖는 걸까. 그 헛짖음을 따라 짖어보면 조금 감이 잡힐까. 멍—멍. 나는 달을 올려다보며 괜스레 짖는 소리를 내보았다. 소리가 어둠 속에 퍼지며 당차고 따스한 기운이 내 주위로 몰려드는 것 같았다. 이것일까. 개는 두려움을 쫓으려고 짖고 있는 모양이었다. 나는 뭔가 알 것 같은 느낌에 집으로 황급히 들어갔다.

'종달새' 소리는 볼륨만 키운다고 들을 수 있는 게 아니었다. 나는 헤드폰 볼륨을 조금 낮추고, 낭독자가 내는 소리 "에"를 모든 글자의 음가로 하여 따라 읽기 시작했다. 들어보니 음성의 높이나 길이가 저마다 다른 게 느껴졌다. 어떤 부분에선 "에"로 짧게, 어떤 부분에선 "에에에에"로 길게 끌며, 그는 읽고 있었다. 한 글자도 빠뜨리지 않고, 한 음절 한 음절을 징검돌 삼아 느리되 꿋꿋하게 시의 강물을 건너고 있는 거였다.

조용한 하늘

종달새 빵집

지금 느낌

종달새 소리 들린다

_김혁종의 시, 「종달새」

시 낭독은 단지 글자에 음성을 싣는 행위가 아니다. 그보다는 가장 느리고 깊이 있는 방식으로 나 또는 당신에게 말을 거는 방법, 시를 입속에 담아 시의 항아리가 되어보는 경험이다. 누군가의 말이 잘 안 들릴 때는 내 목소리를 낮추고 그와 눈을 마주쳐보자. 인내심을 가지고 들어보자. 그 사람의 말을 천천히 되뇌어보자. 그 사람의 언어로 다시 말하면 나는 잠시 그 사람이 되어볼 수 있다.

이러한 방법으로 나는 마침내 '종달새' 소리를 들을 수 있었다. 들으려는 마음이 내어준 값진 선물이었다. 별빛처럼 아름다운 종달새 소리가 조용한 밤하늘을 가득 채우고 있었다.

3부

내
재
율

누구나 살면서 변곡점을 경험한다. 그것
은 하늘이 무너진 것 같은 큰일일 수도,
뭐가 지나갔나 싶게 사소한 일일 수도 있
다. 중요한 건 삶의 의미 있는 음표, 리듬
이 된 그것을 내가 어떻게 받아들이느냐
일 것이다.

첫소리
내기

은희경의 아름다운 단편 「내 고향에는 눈이 내리지 않는다」에는 말더듬이 소년 준영이 나온다. 소년은 수리조합장 집 셋째딸 아네스(세례명)를 좋아하고 있다. 하지만한 번도 말을 붙여보지 못했다. 말문을 열려면 다른 아이의 열 배 가까운 시간이 필요했기 때문이다. 어느 날 미사가 끝나고 아네스가 다가와 먼저 말을 붙인다. "너, 성가참 잘 부르더라." 눈을 내리깔고 간단히 고맙다고 말하려던 찰나 파르르 입술이 떨린다. 천천히 숨을 고르고 떨리는 입술을 진정시키려 애쓰는 사이 가까스로 소리가 나온다. 그러나 늦었다. 소녀는 이미 그 자리를 떠났다.

미시마 유키오의 유명한 소설 『금각사』에도 말더듬이 소년이 나온다. 실화를 바탕으로 쓰인 이 작품의 주인공 미조구치는 시골 절간에서 태어나 말더듬에 못생긴 외모, 허약 체질까지 갖춘 가히 추醜의 종합세트라 할 만하다. 그러나 소년의 내면은 놀랍도록 논리적이고 예민하다. 아버지가 찬탄해 마지않는 금각이 우뚝 서 있는 세계에서 소년은 아름다움과의 대결에 늘 패한다. 그렇게 열등감에 사로잡혀 성장한 어느 날, 그는 어릴 적부터 질투의 대상이었던 금각사에 불을 지른다.

콤플렉스 없는 사람이 있을까. 누구나 한두 개쯤의 크고 작은 콤플렉스를 갖고 산다. 외모, 성격, 학력, 직업, 경제력 등 종류도 다양하다. 콤플렉스는 인간의 마음, 심리에 영향을 주는 내면의 구조 또는 힘이라고 정의한다. 내가 무엇인가를 선택하거나 외부의 자극에 반응할 때 저절로 작동되는 아주 개인적이고 내밀한 원리라 할 수 있을 것이다. 정신의학 용어임에도 요즘엔 정확한 진단 없이 무슨 무슨 콤플렉스라고 말을 붙이는 경우가 왕왕 있는 듯하다. 보통은 열등감을 가리킬 때 쓴다. 예기치 않은 순간에 그것이 표출되면 나도 스트레스를 받지만 지켜보는 타인도 힘들어진다.

　그렇다고 콤플렉스가 무조건 나쁜 건 아니다. 어려서 가난했기 때문에 더 악착같이 돈을 모아 부를 이룬 사람, 키가 작지만 몸매 관리를 열심히 해서 매력적인 외모를 갖게 된 사람, 콤플렉스를 부끄러워하지 않고 오히려 자신의 개성으로 살려내서 괴로움에서 자유로워진 사람의 이야기를 우리는 종종 듣는다.

　작년에 '내 생애 가장 시적인 계절, 유년'을 주제로 강의를 한 적이 있다. 최근의 동시, 동화를 함께 읽으며 성인 참가자들과 마음 나누기를 하는 프로그램이었는데, 수 회차 중 아직 초반이어선지 교실에 어색함이 떠돌고 있었다. 각자 어릴 때 얘기를 나누면 좀 편해질까 싶어 마이크를 넘겨보았다. 그런데 서로 눈치만 볼 뿐 아무도 먼저 입을 열려 하지 않았다. 침묵이 길어졌다. "선생님처럼 말을 잘하지 못해서요"라고 누군가 이야기했다. 그럴리가. 나는 눈이 휘둥그레졌다. 마이크를 다시 손에 쥐었다. 나는 그런 사람이 아니라고, 아니었다고 내가 먼저 당신들에게 털어놓아야 할 것 같았다.

어릴 때 말을 심하게 더듬었다. 세상에 하고많은 말 중 하필 가장 발음하기 어려웠던 것은 '강건모'라는 내 이름이었다. 한학을 공부한 할아버지가 사흘 밤낮을 고민해서 지으셨다는데, 아무리 뜻이 좋다 한들 내게는 그렇게 불편할 수가 없었다. 말 안 듣는 조음기관을 타일러 이름을 말하기 위해선 몇 번의 큰 숨이 필요했다. 속으로 박자를 세며 괜히 고개를 까딱까딱하거나 몸을 두드려대야 했다. 그게 말더듬이들이 공통적으로 보이는 회피행동이란 건 나중에 책을 보고 알았다. 어쨌든 그 때문에 건방지다고 어른들에게 핀잔도 들었지만 어쩔 수 없었다. 그러다 보면 나도 모르게 소리가 나왔다.

생각하면 언제나 처음이 문제였다. 무슨 말을 할 때면 한순간 혀가 돌덩이처럼 무거워졌다. 내 언어는 항상 바위 밑에 깔려 있었으므로 아틀라스가 되어 그 무게를 견디고 들어올리는 게 첫 순서였다. 그러고 나면 백 미터 달리기를 하고 난 듯 숨이 차올랐고, 입술은 자음과 모음을 머금은 채 문풍지처럼 떨렸다. 운좋게 첫소리를 냈더라도 거기서부터 또다시 시작이었다. 음음, 어어, 쩝쩝 등의 불필요한 잡음이 아무렇게나 끼어들었다. 누군가에게는 신중하게 말을 고르는 아이처럼 보였을지 모른다. 그러나 실상 나는 몸을 쥐어짜며 내 혀와 맹렬히 싸우는 중이었다. 더듬을 것 같은 말은 재빨리 다른 말로 바꿔가면서. 누구나 다 아는 단어를 굳이 발음하기 좋은 엉뚱한 말로 대체하면서.

　쉬는 시간에 시끄럽게 떠드는 아이들을 자세히 관찰한 적이 있다. 교실에 드리워진 봄날의 따스한 빛, 그리고 열린 창문으로 날아든 하얀 벚꽃이파리. 조금은 몽환적인 그런 분위기 때문이었을 것이다. 나는 작고 부드러운 둥지 같은 아이들의 입속에서 노란 새가 포르르 날아오르는 걸 보았다. 교실에 날아다니는 새들이 떨어뜨린 깃털들이 눈앞을 간지럽혔다. 내 입속에서도 한 마리쯤 날아올랐으면…… 난생처음 외로움을 느꼈다.

　나는 자타공인 말더듬이였지만 그렇다고 주눅 든 애는

아니었다. 평소 멀쩡하다가도 말만 하면 이상해지는 나를 의아하게 바라보는 시선들에 익숙해지기도 했고, 좀 웃을지언정 그래도 말을 끝까지 들어주던 다정한 친구들 덕분이었다. 아닌 게 아니라 내가 인기는 좀 있었다. '반에서 키 제일 크고 공부 잘하고 말 더듬는 온순한 애'로. 아이들 선거는 또래 간의 인기투표 같은 것이어서 나는 부반장, 학급회장, 반장, 나중엔 어린이회장으로도 뽑혔다. 그렇다고 내 상태가 특별히 달라진 건 아니었다(중학교, 고등학교에서도 학생회장을 했는데 조회할 때 "차렷, 열중쉬어"가 그렇게 고역일 수 없었다). 한 마리 거미가 된 듯 몸을 두드려 언어를 뽑아내는 행동은 여전히 계속됐다.

어느 날 옆 반 선생님이 나를 불러 공책과 연필 한 자루를 주시며 말했다. "하고 싶은 이야기가 떠오르면 글로 써봐." 국어 숙제 하듯이 말고 사람들에게 정말 들려주고 싶은 네 이야기를 써보라고, 글 쓰다 보면 어느새 네가 말을 더듬는다는 사실도 잊게 될 거라고. 그런 생각은 한 번도 해본 적이 없었다. 글로 말더듬을 이겨낼 수 있다니, 그래도 된다니. 발끝에 수백 개의 풍선을 매단 듯 자꾸 몸이 떠오르려고 했다. 그날 밤엔 너무 신나고 설레서 잠이 잘 안 왔다.

그때를 떠올리면 지금도 신비롭다고밖에 달리 할말이 없다. 첫소리를 내기 전 숨부터 가빠졌던 내가 종이 위에서만큼은 그렇지 않았다. 느릿느릿 공책에 첫 문장이 쓰이기까지 연필은 차분하게 나와 호흡을 맞춰주었다. 한 달 만에 첫 동화를 썼다. 외계인을 따라서 낯선 행성으로 날아간 병태라는 소년의 모험을 그린 SF였다. 친구들은 내 공책을 돌려가며 재밌게 읽어주었고, 이듬해에도 그 다음해에도 나는 공책과 원고지 위에서 재잘거리고 있었다. 중학교에 입학했을 땐 나를 아는 사람들 모두가 내 장래 희망이 뭔지 알았다.

누가 물으면 이렇게 대답하곤 한다. 나는 말을 더듬었기 때문에 글 쓰는 사람이 되었다고. 첫소리를 잘 내지 못하는 바람에 언어와 소통에 민감해졌고, 이미지 언어, 음악 언어, 영상 언어 등을 구사하는 예술가가 되었다고. 편집자로 수백 권의 책을 만든 거기에도 나의 말더듬은 힘을 실어주었을 것이다. 실패를 거듭하는 처음이 얼마나 근천맞고 곤란한 것인가를 나는 잘 안다. 그러나 나는 앞으로도 계속 실패하며 쓸 것이고, 그것은 언제나 첫소리, 첫 문장과의 겨룸이 될 것이다.

먼발치에

혼자인

고향에 왔더니 두 귀를 적시는 것이 맨 파도 소리뿐이다.
내 종아리를 낚아채려 입질하는 포말을 피하지 않고 조
심성 없이 해변을 걸었다. 서해는 낮게 깔린 구름을 이고
서해답지 않은 묵직함으로 출렁거리고 있었다. 그런데
이상하게도 바람 한 점 없는 저녁이었다. 불탄 나뭇조각
하나가 파도에 물려 정신없이 희롱당하는 꼴을 오래 바
라보았다. 틈을 봐 꺼내줄까 했는데 그만 귀찮아졌는지
파도가 먼저 뭍으로 뱉어내버렸다. 할딱거리는 나뭇조각
의 숨소리가 들리는 듯했다.

오후에 태안 읍내에 나가 국민건강보험공단 출장소를 찾았다. 집에서 한 시간여 걸렸는데 춘곤증 탓인지 자꾸 졸음이 왔다. 차창을 사방으로 열어놓고 운전했다. 길가에 흐드러진 벚꽃이 딴 세계의 일 같았다. 요새 안면도 재개발 이슈가 화제라더니 아닌 게 아니라 곳곳에서 도로 공사를 하고 있었다. 도로의 팬 부분을 지날 때마다 차가 덜커덕했고 머리가 지끈거렸다.

국민건강보험공단 직원이 장기요양등급 신청서를 내밀었다. 장기요양등급 판정은 돌봄이 필요한 환자가 전문 요양사의 서비스를 받기 위한 심사 절차다. 이런 제도가 있다는 건 알았지만 내가 찾게 되리라곤 생각지 못했었다. 뭐부터 써야 할지 눈앞이 캄캄했다. 그는 나 같은 내방자를 많이 경험한 듯했다. 그가 친절하게 알려줘서 고마웠다. 나는 며칠 뒤 내가 만든 단체에서 진행할 프로그램의 심사를 앞두고 제주로 돌아가야 할 상황이었다. 다시 오더라도 일단 필요한 일부터 해놓는 게 시급해 보였다. 돌아오는 길에 감기약 겸 두통약을 사 먹었는데 효과가 있었다.

어머니의 세 끼를 차려드린 지 열흘째가 되었다. 마트에서 야채를 사다가 두어 가지 밑반찬을 만들고 카레, 소고기뭇국, 된장찌개 등을 조리했다. 입맛에 맞으실까 했는데 몇 번인가 "먹을 만하다"는 평을 받았다. 호감 표현에 인색한 당신으로선 후한 점수를 준 것이다. 집 청소를 하고 냉장고 속의 상한 음식들을 버렸다. 몇 달 전 어머니가 제주 집에 와서 한 일을 이번엔 내가 하고 있는 것이었다. 남자가 혼자 살아도 깔끔하게 하고 살아야 한다고 면박 주던 때가 그리워졌다.

지난겨울 어머니가 처음으로 제주 집에 오셨다. 내가 독립하고 살기 시작한 초기에는 그래도 1년에 한 번은 서울에 올라오셨는데, 얼마 후 내가 제주로 이주한 다음엔 건너오시기가 좀체 어려워졌다. 마음을 먹었다가도 비행기 타러 갈 정도의 몸 상태가 안 되어 취소하거나 일 다니는 학교 일정에 밀려 늘 다음으로 미뤄지기 일쑤였다.

그래서였을까. 그동안에 어머니는 전화를 자주 하셨다. 통화 내용은 별거 없었다. '밥 먹었냐, 아이고 이제 먹냐, 너무 늦게 먹으면 몸에 안 좋다, 맛있게 먹어라' 정도로 보통 1분 안에 끝나곤 했다. 카카오톡으로 간단히 물을 법한 얘기이지만 당신에게는 익숙한 전화로밖에 할 수 없는 거였다. 내게만이 아니라 누이들에게도 마찬가지였다. 또 외할아버지 생전에도 매일 아침 안부전화를 드렸다. 할아버지와의 통화 역시 1분을 넘기지 않았다. 목소리를 들으면 그 사람을 보는 것 같다고 믿는 어머니에게 전화는 먼발치에서 마음을 발신하고 수신할 수 있는 유일한 수단이었던 셈이다.

그러다 햇수로 사 년 만에 작심한 듯 제주에 오셨고, 늘 전화기 너머로 궁금히 여기던 나의 살림살이를 하나하나 훑어보며 잔말을 늘어놓기 시작했다. 내처 내가 친하게 지내는 제주 시인 부부에게 식사도 대접했다. 뭘 이렇게까지 하냐고 만류했지만 그래야 당신의 마음이 놓일 것 같다는 말에 나도 더이상 어쩌지 못했다. 폭설이 온 날엔 꼼짝없이 집안에 갇혀 텔레비전 드라마를 보셨다. 그러곤 안면도 집으로 돌아간 지 보름 후 병원에 입원하셨다.

퇴원 수속을 밟았던 동생이 말하기를 항상 산소발생기

를 착용해야 한다고, 잠시라도 빼면 큰일날 수 있다고 병원에서 신신당부했다고 했다. 어머니가 그 정도라고? 잘 믿기지 않았다. 그런데 며칠 동안 내가 실제로 산소포화도 측정기로 재보니 왜 그렇게 의사가 겁을 줬는지 알 것 같았다. 화장실에 가시느라 잠깐 튜브(케뉼라)를 뺐을 뿐인데 산소 수치가 금세 80대로 곤두박질쳤다. 나는 당신의 하나 남은 폐가 펑크 난 타이어 같다고 생각했고, 그러자 이 상황이 좀더 이해가 되었다.

"나는 멍청이야. 한심해."

이동의 범위가 집안으로 제한된 뒤로 어머니는 가끔 그렇게 혼잣말을 읊조리곤 했다. 누구 못지않게 열심히 살았고, 혼자서 애들 넷을 다 키워내며 갖은 수모와 고생을 다 겪었는데 결국 다다른 곳이 여기라는 데 어머니는 실망을 넘어 분노하고 있었다. 하모니 선생님으로 매일 출근해 청소하던 초등학교에 더이상 못 나가게 됐다고 전화를 한 날은 멍하니 창밖만 바라보았다. 한 사람의 노동이 끝나는 순간을 담은 '어머니의 은퇴식'을 단편 다큐멘터리 영화로 만들 계획을 갖고 있던 나도 허탈하긴 마찬가지였다. 어머니는 모든 것이 끝장났다고 여기는 듯했다. 보고 있기 차마 괴로운 서글픈 각성이었다.

팔십 가까운 세월을 억척스레 살아온 사람에게 닥친 그 현실이 얼마나 충격적인 일인지 나는 아무것도 모른다. 그 절망감을 도저히 헤아릴 수가 없다. 반, 아니 사분의 일만이라도 이해하려고 노력하는 것뿐이다. 언젠가 종로에 사는 교수님을 뵈러 갔다가 나오는 길에 아파트 한쪽에서 휠체어를 타고 혼자 울고 있는 여자를 본 적이 있다. 그냥 지나치지 못하고 다가가 왜 울고 있는지 물었더니, 스키 사고로 한순간 장애인이 된 자신의 신세가 너무 속상해 눈물이 그치지 않는다고 했다. 무슨 말로 위로를 해야 할지 막막했다. 봄날 저녁에 꽃구경 나왔다가 문득 치솟은 감정에 눌려 흐느끼고 있던 여자였다. 그녀가 휴지가 있는지 물었다. 겨우 꺼낸 힘내시라는 말과 함께 그녀의 손에 티슈를 통째로 쥐여주었다.

어머니는 이제 어떻게 살아야 하는 걸까. 그 며칠 전에 만난 의사는 체내 산소 유지만 힘주어 당부했을 뿐 환자의 생활방식까지 코치해주진 않았다. 전문가로서 그의 역할은 거기까지인 모양이었다. 그렇다고 남은 생을 산소만 마시며 집안에 있을 수는 없는 노릇이었다. 나는 온라인 환우 커뮤니티 몇 곳에 가입해 사람들이 올린 경험담, 투병기 등을 읽었다. 치료와 회복에 관련된 글을 나누어준 사람들은 몇몇 팁을 공유하며 몸의 병이 마음의 병으로 전이되지 않게 하는 게 무엇보다 중요하다고 쓰고 있었다. 어머니가 부끄럽게 여기던 휴대용 산소발생기 사용에 익숙해져야 할 것 같았다.

휴대용 산소발생기는 2.5킬로그램이나 되어 어깨에 메고 다니기에 결코 만만한 무게는 아니었다. 하지만 그것은 피할 수 없는 선택이었고 그러려면 기기가 얼마나 오랫동안 작동되는지, 어떻게 적응해가야 하는지 테스트해볼 필요가 있었다. 나는 휴대용 산소발생기를 꺼내놓고 "그래도 이렇게 나갈 수 있는 게 어디래요" 하며 용기를 북돋는 말들을 마구 남발했다. 어느 순간부터 나는 어머니를 어린아이 다루듯 대하고 있었다.

사람들한테 흉한 모습 보이기 싫다고 투정부리는 노모를 차에 태우고 바람아래 해변으로 핸들을 돌렸다. 어머니의 바람이 통했는지 다행히 거기에는 아무도 없었다. 우리는 코에 튜브를 끼고 2리터의 산소를 연속으로 공급받으며 걸어보는 시간을 가졌다. 나는 그 모습을 영상으로 찍어 누이들에게 공유했다. '엄마 용기 내는 중! 칭찬 좀 부탁해.' 동생이 제일 먼저 답을 올렸다. '엄마 화이팅!' 뒤이어 누나들의 하트 메시지가 날아왔다. 우리는 함께 느리게 걸었고, 함께 바닷바람을 들이마셨다. 집으로 다시 돌아갈 때까지 해변에는 아무도 나타나지 않았다. 하지만 당신이 앞으로 자연스럽게 받아들여야 할 미래의 눈들이 계속 지켜보고 있었을 거였다.

다음날 이번엔 그 기기로 얼마나 밖에서 오랫동안 버틸 수 있는지 시험해보자고 원산도의 한 카페에 갔다. 봄볕을 쬐며 커피로 입술을 적시는데, 벌 한 마리가 날아오더니 어머니 옷깃에 앉았다. 순간 세상이 접힌 날개처럼 고요해졌다. 말린 몸이 쿵쿵 허공을 찧는 걸 보고 있으려니 내 마음에도 문득 꽃가루가 날려 쫓을 생각을 차마 못했다. "애가 꽃에 앉았네" 농을 했더니 벌은 이내 날아올랐다. 어머니가 작약 같은 미소로 "고맙네" 하셨다. 잠시 후 산소발생기가 삑삑삑 소리를 내며 끼어들었다. 그만 시험을 마쳐야 할 때였다. 일어나기 아쉬웠으나 '두 시간 반 가능'이라는 결괏값을 얻었으니 그걸로 족했다.

"네들 아빠 산소가 할아버지, 할머니 산소 다 청양 선산으로 가고 혼자 있잖니. 그걸 어떻게 좀 하고 싶어."

몇 년째, 아니 십여 년 전부터 윤년이 돌아오면 하시는 말씀이었다. 개장을 해서 납골당에 들어가든가, 요즘 많이들 하는 수목장을 하든가, 바다에 뿌리는 해양장을 하든가 했으면 한다는 거였다. 비용 문제도 있고 절차도 잘 모르는 터라 자식들이 '네, 네' 하는 사이 시간이 그렇게 흘러버렸는데, 당신의 일상이 달라진 이제는 더이상 미루지 않겠다 결심하신 듯했다. 혼자 사시는 어머니가 늘 먼발치에 혼자인 아버지를 생각하고 있었다는 게 새삼 내 가슴을 두드렸다.

그래서 하게 된 아버지의 두번째 장례식이었다. 처음 장례식이 삼십오 년 전이었으니 퍽 오랜만에 다시 치르는 상喪이었다. 볕이 따스했고 바람이 느린 음악처럼 불었다. 여느 장례와 똑같이 진행되는 삼일장 중 첫날이 되기에 알맞았다.

산역꾼 둘이 한 시간 반 만에 묘를 깨고 그를 발굴해냈다. 아버지가 긴 세월 누워 있던 땅속은 별로 깊지 않았다. 한 며칠 비가 왔는데도 땅속은 텁텁한 입속같이 매우 푸석해 보였다. 함께한 장례지도사가 이게 좋은 건지 나쁜 건지를 설명했지만 잘 들리지 않았다.

시신을 덮을 때 쓰는 명정이 드러났다. 붉은색 천이 눈에 익었다. 나는 저 위에 흙을 던졌었다. 여덟 살짜리에게 주어졌던 한 삽의 무게가 떠올라 나도 모르게 손가락이 꼼지락거렸다. 곧이어 유골이 수습되었다. 머리부터 발가락뼈까지 모두 모셔놓고 보니 오십 센티 될까 말까였다. 큰누나가 울먹이며 뼛조각 중 하나를 조심스레 매만졌다. 나도 만져보고 싶었지만 술 취한 그를 밀쳐냈던 밤이 떠올라 주저되었다. 아버지가 세상에서 완전히 사라지는 것 같아 싫다고 막판에 개장을 반대했던 누나는 며칠 전 집에 와 어머니 속을 뒤집어놓았었다. 아버지에게 각별한 사랑을 받았으니 스스로 마음 정리할 시간이 필

요했던 모양이다. 이제 좀 추슬러졌는지 전보다 평안해

진 모습이었다.

장례지도사가 유골을 한지에 담아 개장용 소관에 담더

니 내게 그것을 건넸다. 나는 두 손으로 아버지를 받아들

었다. 꽤 묵직했다. 이삼 킬로쯤 될까. 흡사 아기를 안은

느낌이었다. 말도 안 되는 희망이지만, 세상에 부활, 재생

이란 게 있어 어떻게든 다시 돌아와 생의 시작처럼 응앙

응앙 울어주기만 한다면 그를 달래줄 사람은 어디에든

있었다. 그러고 보면 아버지는 운이 좋은 사람이었다. 십

삼 년 함께 산 아내가 삼십오 년간 돌봐주었고, 또 한 삼

십 년 내가 칠십 살이 될 때까지 인근 영묘전에 모실 터

이니 이제는 당신 삶의 두 배의 시간을 기억으로써 살아

있는 사람이 될 거였다.

나는 소관에 담긴 아버지를 데리고 산 아래로 내려갔

다. 숨이 차서 올라가기 힘들다고 차 안에서 줄곧 상황을

지켜보고 있던 어머니가 나와 있었다. 내가 다가가자 아

무 말 없이 소관에 손을 올리곤 눈을 감았다. 어머니 등에

실린 휴대용 산소발생기 소리가 아까보다 조금 더 커진

것 같았다. 늙고 병든 아내와 젊어서 죽은 남편이 이렇게 다시 만난 거였다. 2.5킬로그램의 삶을 얻은 어머니가 이삼 킬로그램이 되어 돌아온 아버지를 쓰다듬고 있었다. 그때까지 제법 담담하게 버티던 나는 거기서 그만 울컥하고 말았다.

며칠 후 저녁때 큰누나와 매형이 와서 어머니와 넷이 밥상 앞에 앉았다. 만날 어머니와 둘이서 간단히 하던 식사가 조금 더 부산해졌다. 큰누나가 개장할 때 이상한 경험을 했다며 이야기를 꺼냈다. 산소 뒤에서 검은 나비가 날아오르는 걸 보았다고 했다. 좀더 다가오면 사진을 찍으려 했는데 산소 위를 몇 바퀴 돌더니 사라졌다고 했다. 그게 진짜인지는 누나만 알 것이다. 자신 안에서 피어난 이야기는 그 자체로 고유하다. 그런 이야기는 허구일지라도 현실을 위로하며 삶을 버텨낼 힘을 준다.

이제 숟가락을 들려 하는데 어머니가 눈짓으로 신호를 주었다. 신을 섬기지 않는 내게 식전 기도가 주어졌다. 자주 하던 거였다. 어떤 바람을 하늘에 쏘아올릴까 생각하다 "주여, 제게 주어진 운을 사랑하는 사람들에게 나누어주세요"라고 기도했다. 손을 풀었다. 무슨 그런 기도가 다 있냐며 누나가 쿡쿡 웃었다.

그날 밤 마당에서 올려다본 달이 멀고 높았다. 나는 가만가만 들려오는 동물들의 노랫소리에 마음이 홀렸다. 귀기울여 듣기 전까진 잘 몰랐는데, 한두 마리가 아니었다. 귀신새로 불리는 호랑지빠귀가 동네 골짜기를 울리며 높은음의 플루트 소리를 냈다. 아랫말에선 악쓰는 고라니들의 코러스가 긴장감을 배가했다. 북쪽 산에 자리를 잡은 소쩍새는 리듬감 넘치는 건반 주자이자 타악기 주자였다. 이따금 닭들이 홰를 치며 박수쳤고 개들도 질세라 환호성을 질렀다. 날이 어두워지면 우리는 좀더 서로를 듣게 되는 걸까. 나도 무슨 소리든 내고 싶어졌다.

폭력의 추억

오랜만에 연락하는 사람이 별일 없이 전화하는 경우는 드물다. 용건 없이 특별한 마음을 낸다는 건 평소보다 시간과 노력이 갑절로 필요한 일이기 때문이다. 그런데 난감한 건 받는 쪽도 마찬가지다. 오랜만에 연락을 받는 사람은 상대방이 뭘 원하는지 모르기 때문에, 마땅한 용건이 그려지지 않으면 부러 연락을 받지 않기도 한다. 이 둘은 너무 오랜만이라는 이유로 통화가 불가능해지는 것이다.

　나는 이제까지의 경험을 토대로 그것을 세 가지 유형

으로 구분할 수 있다. 첫째는 친척, 친구, 지인 등의 결혼이나 부고를 알리는 전화다. 기쁨도 슬픔도 잠시, 전화한 사람과 나의 관계도 그렇지만 경조사를 맞은 사람과의 관계가 어떠했는지를 떠올리느라 머릿속이 복잡해진다. 둘째는 그간의 격조함을 가볍게 건너뛰고 무슨 일인가를 부탁하는 전화다. 이십대 때 이런 연락을 많이 받았다. 책을 내고 싶으니 교정 좀 봐달라는 부탁은 그나마 양호하다. 다단계 사업에 뛰어든 친구가 돈 버는 정보를 알려주겠다며 대뜸 만나자 하거나, 얼굴 본 지 한참인 친척 어른이 보증 서주기를 청할 때는 그들과의 시차 때문에라도 아연실색해지곤 했다. 셋째는 옛일과 관련해 난데없이 기억력을 테스트하는 전화이다. 주로 퇴사한 회사에서 온다. 지난주에 누구를 만났는지도 잘 떠올리지 못하는 내가 수년 전 어느 날의 정황을 기억해내야 하는 상황에 봉착한다. 기억의 천재 푸네스처럼 엄청난 순간속도로 비상한 기억력을 끌어올려야 하는 것이다. 통화하다보면 나는 어느새 사무실 책상에 앉아 있다.

　물론 아주 가끔 정말로 별일 없이 안부를 물어올 때도

있다. 그것은 말하기보다 들으려고 하는 전화다. 잠시의 침묵조차 충분한 대화가 된다. 문득문득 그 사람에게서 외로움의 냄새가 맡아진다. 그 혹은 그녀는 아직 우리가 이어져 있는지 확인하고 싶은 것이다. 기억을 나눠 갖는 다는 것은 그런 것일까. 한때나마 교집합의 시간에 몸담은 적이 있다면 ─좋은 쪽으로든 나쁜 쪽으로든─ 그 사람의 존재를 증명해주기 위해 나는 잘 지내야 할 의무가 있는 것처럼 보인다.

며칠 전 카페에서 원고를 보다가 서울 사는 친척 형의 전화를 받았다. 반갑기도 했지만 너무 오랜만이어서 당혹스러웠다. 그런데 다짜고짜 밝은 톤의 욕설이 날아왔다.

"너 이 새끼, 왜 그동안 연락을 안 했어?"

건들거리는 인사말로 보아 일단 누구의 결혼 소식이나 부고를 알리려는 건 아닌 것 같았다. 이제 내가 대답할 차례였는데 그동안 왜 연락을 안 했느냐는 질문에 말문이 막혀버리고 말았다. 자그마치 십몇 년. 그 정도 세월이면 서로 그냥 까맣게 잊고 산 것일 텐데도 형은 굳이 그

걸 묻고 있었다. 미안하지만 안 궁금해서 안 한 것뿐 이유랄 게 없었다. 오랜만에 나누는 첫인사치고는 너무 가벼웠다. 형과 나는 인사법이 다른 것 같았다.

물론 세상에는 다양한 인사법이 있다. 가령 북극 지방의 이누이트족은 상대의 뺨을 때리는 걸로 반가움을 표한다. 여러 문화적 환경적 요소가 복합적으로 얽혀 만들어진 전통인데 모르고 맞으면 첫 만남에 싸울 수 있다. 아프리카의 한 부족은 얼굴에 침을 뱉으며 존경과 우호의 뜻을 전한다. 물이 부족한 지역이니 몸의 수분인 침이 귀한 의미가 있겠다 싶지만 이 역시 모르고 맞으면……

그러니 나도 적당히 알아듣고 "죄송해요" 했더라면 무난했을 것이다. 그런데 그날따라 '죄송해요'가 거북하게 느껴졌다. 그 말을 항상 입에 달고 사는데도 막상 하려니까 입에서 잘 떨어지질 않았다. 나는 "아 뭐 형이 할 수도 있잖아요" 하고 넉살부리는 쪽을 택했다. 그러자 "뭔 소리야, 네가 동생이니까 네가 먼저 해야지"라는 대답이 돌아왔다.

더 할말이 떠오르지 않았다. 나보다 일고여덟 살 위인

그도 한낱 위계나 따지자고 전화한 건 아닐 거였다. 헛바퀴만 도는 얘기를 언제까지 나누고 있어야 할지 몰라 나는 통화 삼십 초 만에 지루함을 느꼈다. 조금 더 다정하게 응대할 수 있었는데도 웬일인지 마음을 내지 못하고 있었다. 눈앞에 들썩거리는 파도처럼 감정이 덜거덕거렸다. 나의 비딱한 반응에 형도 조금 당황한 듯했다. 불편한 침묵이 흘렀다.

물론 나도 알고 있다. 이런 식의 전화에는 일종의 매뉴얼이 있다는 걸. 시시한 분위기를 끝까지 유지하기 위해 각자에게 역할과 대사가 주어진다. A는 최대한 하나 마나 한 소리들을 끄집어내 열심히 너스레를 떨고, B는 성실하고 고분고분한 태도로 아, 오, 와 등의 감탄사를 섞어가며 맞장구를 친다. A가 B에게 근황이나 관심사를 묻는 것은 자신의 근황과 관심사를 떠들어대기 위한 피싱에 불과하다. B는 어차피 말하고 싶지 않기 때문에 서둘러 발언권을 넘긴다. 대화는 계속 이어지고 약속된 감정 한도를 넘지 않는 선에서 종료된다. 둘은 조금 전 누구와 통화했는지 기억나지 않는다.

우리의 통화가 그 정도로 시시한 축에 속했더라면 차라리 나았을 것이다. 내가 괘씸했던지 그가 덥석 나의 유년을 끌어올렸다.

　"어쭈, 너 많이 컸다. 옛날에 나한테 많이 맞았는데."

　기억에 없는 얘기였다. 그 전개가 갑작스러워 나는 내 귀를 의심했다.

　"형한테 맞았다니요?"

　어려서 손 거친 동네 형들에게 몇 번인가 맞은 적은 있지만 머릿속을 아무리 뒤져봐도 거기에 그의 손은 없었다.

　"기억 안 나? 옛날에 우리집에 왔을 때 말야. 네가 하도 집에 가겠다고 고집을 부려서."

　그랬었나. 열한 살 여름방학 때 처음으로 서울에 갔다. 서울 형네 집에 보내달라고 달라고 고추밭을 뒹굴고 흙먼지 뒤집어쓰며 시위한 끝에 어렵게 간 거였다. 도대체 나는 왜 그렇게 서울에 가고 싶어했을까. 가보니 신기한 것이 많고 재밌긴 했다. 지하철을 타러 가면 입구에서부터 항상 계란과자처럼 맛있는 냄새가 났고, 서울의 골목은 다 비슷비슷하게 생겨서 한번 길을 잃어버리면 미아가 될 것 같았다. 형은 내게 만화방의 세계를 보여주었고, 처음으로 영화도 보여주었다. 또 십 원짜리에 청테이프를 잘라 붙여 오락실에 가져가면 백 원짜리가 되는 놀라운 마법을 보여주었고, 그런 것들은 수십 년이 지났어도 여전히 기억 속에서 유쾌하게 쟁그랑거리는 이미지들이었다. 그런데 그는 전혀 다른 얘기를 하고 있는 거였다.

"너 진짜 보통 고집 아니었다아. 집에 가겠다고 가겠다고 떼를 써서 고집 센 우리 엄마도 혀를 내둘렀지. 그런데 계속 혼내니까 네가 갑자기 때리라고 덤비는 거야. 그래서 막 때리고 발가벗겨서 밖으로 내쫓았지. 그게 기억이 안 난다고?"

그랬구나. 그걸 잊고 있었다니. 나 자신이 퍽 한심하게 느껴졌다. 전화기를 붙든 손이 떨렸다. 오랫동안 캄캄했던 지하실에 불이 켜진 느낌이었다. 방 한구석에 내몰린 채 나를 때려요, 때리라고 악쓰는 내가 보였다. 추억처럼 옛일을 회상하는 그의 한마디 한마디에 경멸과 슬픔이 내려앉았다.

프로이트 정신분석학에 따르면 무의식은 의식을 누를 수 있다. 방어기제와 기억 억압을 통해서다. 의식이 받아들이기에 너무 고통스러운 기억은 억압 창고로 보내진다. 있었던 일이 없었던 일이 되는 것이다. 뇌가 주는 선물이라지만 한편 무서웠다. 이와 같은 기억이 더 있을지 몰랐다. 내가 나를 지키기 위해 잘라내고 채워넣은 기억이 진짜인지도 확신할 수 없었다. 내가 아는 나는 나 자신이 편집한 결과물이라는 생각이 들었다.

　"너 몇 시간 동안 문 열어달란 소리 한마디 안 하더라, 독한 놈 같으니."

　여전히 그가 너무 부드러워서 정신이 얼얼했다. 뭐라고 반격을 하고 싶었지만 마땅한 말이 떠오르지 않았다. 그날 형의 눈에 비친 건 그렇게 맞고도 고집을 꺾지 않는 아이의 만용이었을지 모르지만, 틀렸다. 아이는 어떻게든 상황을 끝내려고 최선을 다해 노력하는 중이었을 것이다. 술에 취해 화난 아빠가 엄마를 때리고 나서 진정되는 걸 자주 본 그 아이는 무의식중에 폭력을 문제 해결 방식으로 여겼던 게 틀림없다. 누가 자신에게 화를 낸다면 그건 주먹과 학대로 해소될 수밖에 없다고.

이제라도 화를 낼까. 어떻게 나한테 그럴 수 있느냐고. 잊어졌던 기억 속의 장면 하나가 떠오르자 한순간 분노가 치솟았고 그 뜨거움이 나를 태울 것 같았다. 그러나 이건 아니었다. 멈춰야 했다. 그럴수록 괴로운 건 나일 거였다. 나는 이제 거기에 있지도 않은데, 왜 내가 새삼 스스로 그것에 분노하고 두려움을 느껴야 하나. 이미 나를 지나간, 그러나 나에게 벌어진 일일 뿐이었다. 어쩌다 이쪽으로 얘기가 빠진 게 분명한 그에게 굳이 화내고 싶지 않았다.

"내가 그걸 기억하지 못해서 다행이네요."

할말을 찾다가 겨우 건진 말이었다. 그동안 잊고 있었던 사실이니 이제 와 사과를 바랄 수도 없는 노릇이다.

"그러게, 다행이네."

다행이라. 그는 한번 더 틀렸지만 나는 그런가보다 하고 넘기기로 했다. 일깨워준 기억이 아프기는 하나 까맣게 잊은 채 살아오는 동안 그 괴로움이 내게 없었으니 불행 중 다행인 망각일 터였다.

형은 몇 달 뒤 가족들과 제주도에 갈 거라고 그때 보자며 전화를 끊었다. 물론 와야 오는 것이고, 새로 시작한 사업으로 많이 바쁘다고 하니 안 올 수도 있다. 하지만 그가 오든 안 오든 나는 마음을 먹지 않으면 안 될 것 같다.

　　인도의 신비가이자 철학자 지두 크리슈나무르티는 「폭력으로부터의 자유」라는 글에서 다음과 같이 말한다. "내가 스스로 분노를 넘어서고, 폭력을 넘어서고, 국적만 넘어설 수 있다면 뭔가 할 수 있을 텐데."

　　뒤늦은 분노감을 느끼지 않기 위해 나는 '때리는 그'가 아닌 '견뎌낸 나'를 생각하려 한다. 그리고 그의 아내와 아이들을 만나면 기쁘게 인사를 건넬 것이다.

모기가 글자를 무는
저녁

'바람 작업실'에서 한창 문장과 씨름을 하고 있는데 지나가던 어르신이 걸음을 멈춰 섰다. 캄캄한 저녁에 마당 책상에 앉아 스탠드를 켜놓고 뭔가에 열중하고 있는 내 모습이 눈길을 끈 것 같았다. 방해해서 미안하단 듯 그가 부드럽게 물었다.

"무슨 일 하세요?"

그와 나 사이에 잠시 침묵이 흘렀다.

무슨 일을 하느냐는 질문을 받을 때면 나는 잠시 대답을 망설이곤 한다. 넓은 의미에서는 프리랜서이지만 그것은 직업 분류일 뿐, 내가 하는 일이 다양해 한마디로 설명하기 어려운 까닭이다. 그러다보니 묻는 사람이나 상황에 따라 다르게 대답하는 경우가 많다. 이를테면 질문한 사람이 책과 관계가 있으면 작가나 편집자로 소개하고, 사진 찍기를 좋아하면 사진가, 음악을 즐겨 든는다고 하면 작곡가 또는 싱어송라이터, 영화나 영상 쪽 일을 하면 영상 제작자, 강의나 전시 등 예술 관련 프로그램에 관심이 있으면 문화예술 강사, 예술 기획자가 되는 식이다.

"글을 쓰고 있어요."

나는 머리를 긁적이며 말했다. 마침 글을 쓰고 있던 중이니 그게 가장 적격한 소개일 거였다. 그런데 순간 질문하나가 내 안에 던져졌다. 정말 내가 글을 쓰는 사람인가. 솔직히 말해 나는 그가 나타나기 전까지 같은 문장을 썼다 지우길 반복하며 나의 재능 없음에 자괴감을 느끼고 있던 터였다. 이런 별 볼 일 없는 얘기를 누가 읽겠냐고 그만 때려치우자는 생각과 그래도 일단 시작했으니 끝은 보자는 생각 사이에서 갈팡질팡하고 있었다. 그런데 대답을 들은 그의 표정이 밝아졌다.

"아, 작가시군요. 저는 저 창고 옆집 삽니다."

창고 옆집이라는 말에 나는 아아, 고개를 끄덕였다. 우리집에서 멀지 않은, 마당이 아담하게 잘 꾸며져 있어서 밤 산책 나갈 때마다 부러운 눈으로 슬쩍 넘어다보곤 하는 집이었다.

"우리 어머니도 글을 쓰셨는데 나는 못 하겠더라고요. 잘은 모르지만 글이란 게 결국 자기 얘긴데, 용기 없으면 못 하는 일 아닌가요?"

"그, 그렇죠."

용기 없으면 못 하는 일이라는 말에 나는 말을 조금 더 듬거렸다. 그는 어떻게 그런 생각을 하게 됐을까. 어느 날 밤 어머니가 쓴 솔직한 이야기들을 읽으며 뭔가를 느꼈을 그가 보였다. 스스로 그만한 용기 없다고 말했지만, 어쩌면 그것이야말로 어머니의 글을 성실하게 읽어낸 독자가 할 수 있는 최고의 리뷰이자 용기 있는 고백일지 몰랐다.

"요새 모기 많을 땐데. 모기향도 안 피웠네?"

어르신이 내가 앉은 자리를 한번 살펴보더니 화제를

돌렸다. 나는 모기가 있어요? 하고 반문했지만, 그는 글 쓰느라 모기 뜯기는 줄도 모르고 있는 내가 한심스럽고 걱정이 되는 모양이었다.

"에이그. 집에 가서 모기향 가져올 테니까 가만있어봐 요."

아니라고 거듭 사양하는 사이 그는 벌써 어둠 속으로 자취를 감추고 없었다.

다시 자리에 앉아 조금 전까지 쓴 글을 읽어보았다. 여전히 못나고 불안해 보이지만 조금 더 써볼 수 있지 않을까. 글을 끝내려면 다 쓰는 것 외에 다른 방법이 없다.

어르신의 말마따나 글을 쓴다는 것은 기본적으로 나 자신의 생각과 감정을 표현하는 일이다. 한 편의 완성된 글로 내 안의 이야기를 끄집어내본 사람은 해방감과 성취감을 맛보게 된다. 기억을 복기하는 과정에서 이해 안 되던 어떤 사건에 얼개가 잡히고, 그때는 미처 알아채지 못했던 감정을 바라보고 받아들이는 데에도 도움이 된 다. 그래서 어떤 글쓰기는 차디찬 기억들로 채워진 방에 군불을 때는 일이다. 또한 이끼 낀 시간의 기왓장을 한 장 한 장 들어내 햇볕을 쬐어줌으로써 그 눅눅함으로부터 벗어날 기회를 얻는 일이기도 하다.

한편 그러기 위해선 기껏 피워놓은 군불에 자꾸 찬물을 끼얹으려 하는 불편한 마음을 감내할 용기, 즉 의연함이 필요하다. 다른 사람들의 비판을 받을까 두렵고, 글에 담긴 자신의 생각이 모자란 것만 같고, 문장력이 부족해 잘 읽히지 않으면 어쩌나 걱정하는 마음 모두가 싫든 좋든 나의 글쓰기에 함께하는 파트너임을 인정해야 한다.

고백건대 글을 쓸 때 나는 늘 이런 공포 속에 있다. 내가 누구에게 삶에 대해 이야기할 만큼 많은 경험을 했는가. 본 것을 쓴다지만 내가 과연 정확하게 그것을 보았고 또 표현할 수 있다고 여기는가. 생각이 언어가 되는 일의 위험함을 잘 알면서 그에 대해 숙고 없이 쓰고 있진 않은가. 뿐만 아니다. 소설가는 그래도 자신이 창조한 화자 뒤에 숨을 수 있다지만, 글 속 화자와 저자가 한 사람인 나 같은 에세이스트는 도무지 숨을 데가 없다. 그렇게 나 자신에게 엄격한 잣대를 들이대다보면 써야 할 문장의 앞

길에 한순간 바리케이드가 쳐지는 걸 경험하게 된다. 이제껏 내가 만들고 읽어온 책의 저자들, 그들의 철학, 문장과 나를 저울질하며 비교하는 것도 그때쯤 벌어지는 일이다. 다른 사람도 아닌 나 스스로 내가 글을 쓰는 존재가 되는 걸 방해하다니. 그건 어떤 무의식적인 저항인 걸까.

그런데 조금 위안이 되는 사실은 이런 두려움이 누구나, 이른바 거장이라 불리는 작가들도 똑같이 겪는 문제라는 것이다. 조지 오웰은 어느 글에서 "나는 글을 쓸 때 항상 두려움을 느낀다"라고 고백했다. 자신이 쓴 글이 쓸모없다고 판단되거나 말하려는 바를 정확하게 표현하지 못할까봐 무섭다는 것인데, 강렬한 언어로 쓰인 작품들로 20세기의 욕망과 폭력을 비판했던 그에게 이런 두려움이 있었다니 잘 믿기지 않는다. 『시녀 이야기』를 쓴 소설가 마거릿 애트우드도 비슷한 말을 했다. 자신의 소설이 "독자들의 기대에 미치지 못할까봐" 불안하다는 것이다. 나는 마거릿 애트우드의 작품을 좋아하고, 한 번도 실망한 적이 없다. 세계에서 가장 영향력 있는 소설가 중 한 사람으로 꼽히는 스티븐 킹 역시 "내 작품이 거절당할까

봐, 출판되지 못할까봐" 초조해질 때가 있다고 했다. 하지만 그런 일은 벌어지지 않는다.

이 모든 두려움을 견디며 글을 써낸 작가들이 얼마나 위대한가를 이야기하려는 게 아니다. '그럼에도 불구하고' 그들로 하여금 문장을 멈추지 않은 사람이 되도록 한 게 무엇인지 그것을 생각하는 것뿐이다.

페터 한트케의 소설 『어느 작가의 오후』에는 문장을 멈춘 사람의 이야기가 나온다. 한 문장으로 요약하면 이 소설은 그날의 글쓰기를 끝낸 '작가'가 오후에 산책하고 집으로 돌아오는 이야기이다. 너무 줄였나 싶기도 한데 야속하게도 그게 다다. 3인칭 서술자에 따르면 '작가'는 한때 언어를 잃어버린 적이 있고(그렇기에 그는 다시는 언어를 잃어버리지 말자고 맹세한다), 말보다는 글에서 기쁨을 느끼고(그는 대인기피증이 있다), "자신이 과거에 썼고, 앞으로 쓸 수 있다고 느낀 문장 모두가 하나의 사건"이라고 믿는 사람이다(자신의 언어로 쓰인 문장만이 '사건'이 될 수 있다는 의미이기도 하다).

적막한 집에서 몇 시간 동안 글쓰기에 침잠해 있던 그

는 문득 "바깥세상이 더이상 존재하지 않고, 방안에 자기 혼자 살아남아 있을지도 모른다는 강박관념"에 휩싸인다. 꼭 그 때문은 아니지만 어쨌든 그는 밖에 나가 걷기로 하는데, 거리에는 눈이 내리고 있다. 여기서 눈은 단지 그럴듯한 배경 묘사를 위한 소도구가 아니다. '작가'는 의미의 공간에서 무의미의 공간으로, 서사의 세계에서 비서사의 세계로, 아직 아무 일도 벌어지지 않은 페이지 속으로 들어가는 중이다.

서사를 의미 있게 재배열함으로써 작품을 완성해내는 '작가'에게 "아무 일도" 일어나지 않는 세계란 죽음, 곧 무의미의 시공간이다. 나는 이 소설에 등장하는 유일한 사건은 바로 '작가의 문장이 중단된 것'이라고 생각하는데, 왜냐하면 서술자가 썼듯 "작가"가 그날의 글쓰기를 마쳤기 때문에, 그러니까 그의 문장이 멈췄기 때문에 다음날 아침까지는 어떤 사건도 벌어질 수 없기 때문이다. 이후 그는 언어 바깥의 세계를 거닐며 (자신을 적대하는) 독자를 만나고 온갖 종류의 환영과 망상 등을 맞닥뜨리며 "작가로서의 나"가 아니라 "나로서의 작가"를 의심하고 살

핀다. 한트케의 또다른 작품『페널티킥을 앞둔 골키퍼의 불안』에 빗대어 말하자면 그것은 '서재를 떠나온 작가의 불안'이다.

한트케 소설의 주인공 '작가'가 일시적이나마 글쓰기를 멈추면서 겪게 되는 혼란은 고통스럽기는 하나 결코 일반적인 얘기는 아닐 것이다. 대부분의 사람들에게 글쓰기가 자기정체성의 일부로까지 여겨지지는 않기 때문이다. 글 몇 줄 안 쓴다고 사는 데 별 지장이 있겠는가. 아무 문제 없다. 다만 조금 쓸쓸할 뿐이다.

최근 어머니에게 하루 동안 고마웠던 일들을 적는 일기 노트를 만들어 드렸다. 어머니는 육십대까지만 해도 종종 일기를 썼는데, 근래 병이 깊어져 바깥 활동이 어려워진 다음부턴 무기력을 호소하며 뭘 쓰고 기억하는 일에도 도무지 무심해진 듯했다. 감사일기 쓰기는 그 우울감으로부터 어머니를 지키려고 떠올린 아이디어다. 새 노트에 큼직하게 어머니 이름을 쓰고, 이러저러 쓰는 규칙까지 나열해놓으니 그럴듯했다. 어머니가 억지로라도 쓰려고 자리에 앉는 게 홈CCTV를 통해 보였다. 그때마다 나는 송신 버튼을 눌러 "엄마, 파이팅!" 하고 응원의 말을 건네는 걸 잊지 않았다. 이제 어머니는 그때보다 마음이 좀더 강해졌다. 산소발생기를 항상 옆에 작동시켜야 하는 일상은 달라지지 않았지만, 코에 호스를 꽂고 어딜 다닐 수 있냐며 부끄러워하고 슬퍼하던 모습은 사라졌다. 남들이 불편한 시선으로 바라보더라도 사람을 피하지 않고, 할 수 있는 한 꾸준히 교회 활동도 하겠노라고 나와 약속했다. 그 말을 들으면서 눈물이 날 뻔했다. 나는 그게 어머니가 날마다 글을 씀으로써 얻어낸 변화라고 믿는다.

글을 쓴다는 것은 내가 어떻게 존재할지 스스로 선택하는 일이다. 생각해보니 나도 그렇다. 어릴 적 말을 더듬던 소년이 덜 쓸쓸해지려고 쓰기 시작한 글이 지금은 덜 괴로워지는 법을 구하는 방식으로 나아가고 있다. 책, 사진, 음악, 영상 모두 나라는 도형의 꼭짓점을 이루는 요소이지만, 그 중심에서 너울 치는 글쓰기야말로 나를 가장 나답게 하는 존재 방식이다.

어르신이 주고 간 모기향을 책상 위아래 여러 곳에 피워놓고 보니 사람 맘 참 알다가도 모를 일이다. 아까까진 전혀 안 들렸던 모기 소리가 귀에 윙윙거리고 있으니 말이다. 하얀 연기가 모락모락 고리를 그린다. 확인할 순 없지만 필시 모기 몇 마리는 낚여 떨어졌을 것이다. 모기한테는 미안하지만 그 덕분에 나는 조금 더 이곳에 앉아 문장과 겨뤄볼 힘을 얻는다.

"자신이 변화를 만들기에 너무 작다고 느껴질 때는 모기와 한 방에서 자보라" 했던 달라이 라마의 격언이 떠오른다. 왜 안 그렇겠는가. 밤새 자신에게 달려드는 모기 한 마리를 견뎌낸 사람은 뭐든 다 할 수 있다. 그리고 세상 어딘가엔 그 모기를 잘 견디라고 슬며시 모기향을 가져다주는 사람도 있다.

똑똑하게,
분명하게,
올바르게

몇 년 전 우연히 4.3 유적지를 탐방하는 프로그램에 참가해 제주의 작가들과 함께 거닌 적이 있다. 나는 사진가로 초대받아 그 자리에 있었는데 가끔씩 사진을 찍는 일보다 현장의 분위기를 느끼는 데 더 몰입해 있었다.

가이드로 나선 이종형 시인이 4.3 당시 민간인 수용소로 쓰였던 주정공장 터를 가리키며 열변을 토했다. 일제 때 설립돼 화약과 폭약을 만들고 보관하던 이곳에서 수많은 삶이 폭탄처럼 작렬하게 부서졌다. 그는 참상이 벌어졌던 장소에 아파트가 들어서면서 현장을 보존할 수 없게 된 사실을 안타까워했다. 무엇 무엇이 어디에 있었고 수용자들을 어떻게 바다로 데려가 살해했으며 원래의 형태가 어땠는지 등에 대해 이제 제대로 기억하는 이도 얼마 없어 후대에 잊힐 것이 우려된다는 것이었다. 다행히 현재는 주정공장 4.3수용소 기념관이 건립되어 방문자들이 찾고 있지만 불과 이 년 전만 하더라도 눈앞에 보이는 거라곤 수풀이 우거진 알땅뿐이었다.

그의 말마따나 기억은 얼마나 지속될 수 있을까. 어떤 기억은 기억하려 애쓰지 않으면 안 된다. 우리가 여러 참사들을 겪으며 분노와 슬픔을 담아 "기억하겠다"라고 말할 때, 거기엔 "똑똑하게" "분명하게" "올바르게"라는 부사어가 빠져서는 안 될 것이다.

걸음을 옮기며 제주의 몇몇 시인들과 인사를 나누었다. 출판사에 재직할 때 제주4.3평화문학상 수상작들을 편집하며 제주4.3평화재단과 자주 소통했는데, 그러다 보니 알게 모르게 익숙해진 이름들이 있었다. 인터넷에 검색해보면 그들이 쓴 4.3에 관한 작품들이 즐비했다. 그처럼 4.3을 알리고 기억하기 위한 제주 사람들의 노력이 얼마나 뜨거운지 나는 대략 알고 있었는데, 그에 대해 좀 더 얘기하자면 2018년 광화문에서 처음 열렸던 4.3 70주년 국민문화제 행사를 빠뜨릴 수 없다. 그때 나는 을지로에 영상 촬영을 나갔다가 돌아오는 길에 그 광경을 보았다. 그러고는 이내 수많은 인파들 속으로 들어가 뭉클한 심정이 되었다. 어떤 기억은 훌륭한 예술이 된다. 감동적인 공연이었다. 하여 집에 돌아와 아래의 짧은 글을 메모하기도 했는데,

"바람이 불자 소년이 일어섰다. 한지 깃발에 올라탄 제주의 소년이 광화문에 모습을 드러냈다. 공립국민학교 운동장에서 서울 광장까지 70년. 사진을 찍는 내 위로 까까머리 소년의 몸이 스쳐지나갔다. 아주 잠시 올려다본 그 아이는 나보다 더 큰 아이였다. 우리의 침통함과 상관없이 소년은 수줍게 웃고 있었다."

다음 유적지는 소설 「순이 삼촌」의 배경이 된 곳이었다. 북촌초등학교(구 북촌공립국민학교) 인근에 지어진

북촌리 너븐숭이 4.3기념관에 발을 들이밀었다. 너븐숭이는 '넓은 돌밭'이라는 뜻의 제주말이라고 한다. '너븐숭이'라는 지명이 꼭 사람에게 지어준 별명처럼 들렸다. 일제에 의해 한자어로 고쳐진 것을 제외하고, 순우리말로 된 지명은 대체로 그 지역의 말글살이를 반영한 것이므로 어느 한 명이 지은 것이 아니다. 여러 세대를 거쳐 사람들의 입에서 입으로 다듬어져 완성된 모두의 창작물이라 할 것이다. 그렇게 훌륭하게 세공된 '너븐숭이'는 나의 입에도 착 달라붙었다.

기념관 한쪽에 명예졸업장이 걸려 있어 다가갔다. 그 아래에는 희생자 보고서. 1938년 11월 16일 생 김순자 씨는 "4.3사건으로 인하여 1949년 2월 10일 북촌공립국민학교가 폐교되었을 당시 본교 제5학년에 재학하였음을 인정하여 이에 명예졸업장을 수여"받았다. 졸업이 이토록 늦었던 이유는 단지 학교가 폐교되어서가 아니라, 그녀가 폐교 한 달 전에 군인들이 쏜 총에 맞아 죽었기 때문이다. 겨우 아홉 살에. 세상에서 가장 슬픈 졸업장이 아닐 수 없다. 사망 경위는 이렇게 기술되어 있다.

"1948년 음 12. 19(1949 양 1. 17) 아침 9~10시경 온 식구가 집안에 있는데 군인들이 몰려와 한 사람도 빠짐없이 국민학교에 나와 연설 들으라고 하니 곧 나가자 집에 불을 지르고 학교 마당에서도 총과 대창으로 위협하니 군중은 아수라장이 되었다. 10여 명이 현장에서 총살당했다. 대창으로 무차별 때리면서 70~80명씩 집단으로 몰고 가 학살하니 위 희생자는 세번째로 삼남매와 함께 너븐숭이 현장에서 총살당했다."

그 바로 아래에는 1940년에 태어난 김순자의 동생 김영보의 희생자 보고서가 있다. 김영보 역시 같은 날, 같은 장소에서 사망했다. 사망 경위란을 살펴보니 작성자는 육하원칙에 따라 기술한 듯하다. 그러나 사실상의 '왜'가 빠져 있다. '총에 맞았기 때문에'는 '어떻게'에 해당한다. 왜 한날한시에 남매들이 죽어야 했는지 작성자는 쓰지 않았다. 쓸 수 없었을 것이다. 그걸 고스란히 적기엔 할당된 지면이 너무 작고 시대적 부담감도 있었을 테니.

사람들은 저항 한번 하지 못하고 차가운 주검이 되어 한곳에 던져졌다. 누군가의 피가 다른 사람의 피를 적시며 흘렀다. 혹시나 그 속에서 누군가는 살아 있었을지도 모를 일이다. 「순이 삼촌」은 바로 이 처참한 현장에서 유일하게 살아남은 '순이 삼촌'이란 인물이 삼십 년 뒤 트라우마로 자살하기까지의 과정을 더듬는 소설이다.

열한 살 때 우연히 「순이 삼촌」을 읽었다. 그리고 4.3이 뭔지, 제주도 어디 있는지도 잘 몰랐던 이 어린이는 낮잠을 자다 소설 속 장면을 꿈에서 보고 소스라친다. 그즈음 방영된 드라마 〈여명의 눈동자〉에서 4.3사건에 대해 처음 알게 됐다. 토벌대에 쫓기던 최대치가 바닷속으로 몸을 던지던 장면이 여태 선하다. 나는 궁금했다. 대체 건국된 지 백 년도 안 된 우리나라에 어떤 일이 벌어졌던 건지. 이후 해방 전후의 한국 현대사에 관심을 갖게 됐고, 초등학생 수준에서 이해할 수 있는 책들을 찾아 학교 도서관을 두리번거렸다. 장래 희망란에 '역사'라고 적었더니 선생님이 '사학자'라고 교정해준 걸 보고 뿌듯해할 무렵이었다.

내가 4.3과 5.18 등의 사건에 특별히 관심 갖는 이유는 국가 폭력에 의한 사건의 비극성 때문이기도 하지만, 삼십여 년 전 내 고향 안면도에서 벌어졌던 큰 싸움과 유사한 면이 있어서다. 그 이야기는 안타깝게도 잘 알려져 있지 않다.

1990년 가을, 그해 나는 열 살이었다. 안면도에 핵폐기장을 설치하려는 노태우 정권과 도민들이 대치했다. 진실을 보도해주겠다는 언론의 말은 달콤했다. 거대 언론사 방송국 기자들과 인터뷰했던 주민들은 다음날 티브이와 신문에 나온 자신의 모습을 보며 화들짝 놀랐고 왜곡 보도에 분노했다.

외지에 나가 있던 안면도 출신의 사람들이 들어왔다. 투쟁이 좀더 조직적이 되고 거세지자 정부는 전경 삼천 명을 투입했다. 주민들은 안면도와 태안을 잇는 다리에 바리케이드를 쳤고 화염병을 만들었다. 여차하면 차량이 못 들어오게 연륙교를 폭파할 계획이었고, 내가 다니던 태권도장 사범님을 중심으로 자살조까지 만들어졌다. 그때 사람들은 두려워하고 있었다. 십 년 전 광주에서 벌어졌던 일이 우리에게도 닥칠지 모른다는 것, 조상님의 묘를 지키지 못하고 고작 몇 푼의 돈을 쥔 채 고향에서 쫓겨날지 모른다는 것에 대해.

돌팔매질이라면 정말 자신 있던 나 같은 꼬마들은 그 싸움에 끼지 못했다. 대신 중학교, 고등학교 형 누나들이 나서서 최루탄을 쏘는 전경들에 맞서 열심히 구호를 외쳤다. 안면지서가 불탔고, 무기고가 열렸다. 다행히 무기들은 경찰에 의해 이미 다른 곳으로 옮겨져 있었다. 그대로 있었다면 자칫 총격전이 벌어질 수도 있었다. 섬사람들의 노기는 그렇게 너울을 닮아 있다. '안면도 자치공화국'이라고 피로 쓴 깃발을 흔들며 〈상록수〉 노래가 개사되어 불렸고, 좀 크다 싶은 건물들 벽엔 빨간색 검은색 마커로 거칠게 쓴 벽보가 도배되었다. 몰래 읍내 여관에 투숙하며 상황을 보고하던 서산경찰서 소속 정보부 형사가 눈 밝은 주민에게 발각되어 곤욕을 치렀다는 소문이 돌았다. 어머니는 그때 여관 청소를 하다가 백골단에 쫓겨 도망쳐온 사람들을 감춰준 적이 있다고 회고한다.

나는 학교 끝나고 집에 갈 때면 길에 떨어진 전단지를 주워 읽곤 했는데, 거기에는 몇 년 전 체르노빌에서 핵발

전소가 폭발한 사건에 대한 내용이 쓰어 있었다. 방사능 물질이 전 세계에 퍼져 여전히 하늘을 뒤덮고 있다고 했다. 그 때문인지 모르지만 당시 눈에 비친 고향의 거리는 늘 잿빛이었고 실제로도 날이 자주 흐렸던 것 같다. 어느 날 어떤 경로로 먼저 들어와 있던 전경들 중 한 명이 이리 오라 손짓하더니 내게 빵을 건넸다. 내가 좋아하는 소보로빵이었다. 손이 덜덜 떨렸다. 겨우 받긴 했지만 그 모습을 누가 볼까봐 두려웠다. 걸으면서 한 입 베어 물었다가 풀숲에 내던져버렸다.

제2의 광주가 될까 두려웠을 노태우 정권은 석 달 뒤 핵폐기장 유치 발표를 백지화했다. 그런데 후유증이 있었다. 찬성과 반대로 갈라섰던 주민들 간의 갈등이었다. 그해 겨울, 눈이 많이 내렸다. 나는 체르노빌 참사로 눈이 오염됐을 테니 먹지 말라는 당부를 선생님에게 들었다.

제주도민들이 4.3을 기억하고 알리려는 노력은 소중하고, 솔직히 나는 그게 부럽고 그 태도를 배우고 싶다. 안면도에서 벌어진 우리나라 최초의 환경/핵 시위를 잘 기억하고 알림으로써 사람들에게 환경과 국가폭력에 경각심을 갖도록 하는 것이 미약하나마 나의 일이라고도 생각하고 있다. 서울에 살 때 고향 선배이자 문학평론가인 복도훈 형을 만나면 종종 그때를 떠올리곤 했다. 대학에 입학했더니 한 선배가 그에게 "안면도 공화국에서 온 복도훈 동지를 열렬히 환영합니다"라고 박수치며 첫인사를 했다는 얘기는 두고두고 기억에 남는다.

생각하면 4.3이나 5.18 같은 국가에 의한 대학살, 폭력이 그리 오래전 일이 아니라는 게 무섭다. 불과 백 년도 안 된 것이다. 그나마 이들은 피해자들의 기나긴 노력 끝에 역사에 기록될 수 있었다지만, 이와 유사하거나 피해 규모가 작다거나 어떤 정치적인 이유로 잊힌 수많은 사건들은 또 어떻게 해야 할 것인가. 한 집단의 상처받은 기억을 역사의 페이지로 불러오는 방법 중 하나는 이러한 사건들에 대해 계속 이야기하는 것이 아닐지. 피해자들의 연대와 토론, 영화나 소설 등을 통해서라도.

일례로 안면도 반핵항쟁의 활동가이자 나의 고교 선배이기도 한 전재진 선생은 우키시마호 폭침 사건 진상규명에 앞장서고 있다. 우키시마호 사건은 1945년 8월 22일

일본에서 부산항으로 향하던 우키시마호가 폭침되어 한국인 8천~1만 명가량이 수장된 사건이다. 반핵-평화운동가였던 그는 1992년 일본에서 열린 반핵평화포럼에 참가했다가 우연히 우키시마호 참사에 대해 알게 됐다. 시모키타 지방의 향토사학자가 건네준 한국인 우키시마호 참사 자료를 본 그는 큰 충격을 받았고, 70여 년간 숨겨진 이 사건을 세상에 알리기로 결심한다. 그후 피해자들과 함께 진상규명회를 만들고 참사 자료를 수집하고, 전문가와 피해자들을 초대해 토론회 등을 열었다. 증언자의 인터뷰를 모아 정부에 제공하기도 했다. 하지만 일본과의 불편한 관계를 의식해선지 역대 정권 중 누구도 관심을 갖지 않았고, 일본은 미군의 기뢰로 폭침됐다는 주장만을 반복할 뿐이었다. 2019년 그가 수석 자문위원으로 참여한 영화 〈우키시마호〉가 개봉됐다. 영화를 보고 이 사건을 처음 알게 된 사람들은 분개했다. 나도 마찬가지였다. 사건의 생존자들은 대부분 사망했지만, 그들 각자가 긴 세월 앓았을 고통의 기억은 이렇게 우리가 기억해야 할 역사로 자리매김하며 오늘에 다시 번진다.

악은 살아 있는 것들에게 고통을 주고 그 삶을 불행케 하며 의지의 파괴를 초래하는 무엇이다. 분명한 듯 얘기했지만 사실 악은 매우 복잡한 개념이다. 단순히 선의 반대 개념이 아니다. 악은 종종 선과 얽혀 있고 선의 도구로 사용될 수 있으며 선의 결과로 발생할 수도 있다. 그러므로 우리에겐 '악을 기억하고 이해하고 상상함으로써 그 징후에 민감해지려는 노력'이 필요하다. 요즘 읽고 있는 책 『잔혹함에 대하여―악에 대한 성찰』에 나오는 말이다.

스며들고 번지는 일에

대하여

"왜 나는 나이고 네가 아닐까? 왜 나는 여기에 있고 저기에는 없을까?" 빔 벤더스 감독의 영화 〈베를린 천사의 시 Der Himmel über Berlin〉 첫 장면에서 천사 다미엘은 노래하듯이 대사를 흥얼거린다. 영화를 본 이들이라면 모두 기억할 것이다. 장3도 정도의 음정을 지닌 독일어의 음률이 아주 아름답게 귓전을 울리는 부분이다.

고등학교 1학년 때 처음 비디오시디를 사서 이 영화를 보았다. 아니, 보았다고는 할 수 없겠다. 당시 집에 있던 486컴퓨터는 용산 상가에서 일하던 큰누나의 남자친구가 점수 좀 따보려고 보내준 거였는데 성능이 후져 제대로 써먹을 수가 없었다. 미디 작곡 프로그램에 노트 찍는 것 정도는 할 수 있었지만, 영화 시디를 넣으면 곧바로 먹통이 됐다. 2~3초 간격으로 프레임이 툭툭 끊겨 슬라이드 넘기듯 장면이 재생됐다. 그래서 매번 앞부분만 보다가 껐다. 얼마 안 있어 나는 "아이가 아이였을 때Als das Kind Kind war"로 시작되는 도입부 대사를 거의 외우다시피 하게 되었다.

그런데 그게 어떤 계기가 되었던가보다. 독일어에 이끌린 나는 제2외국어였던 독일어의 매력에 푹 빠져버렸고, 대학에서는 문창과면서 독문학을 복수전공 하는 특이한 학생이 되었다. 출판사에 입사해서는 독일 및 동유럽, 제3세계 언어권을 담당하는 해외문학 편집자로 일했다. 그리고 대학 때 접한 독일 철학자 비트겐슈타인의 두 명제("언어의 한계가 세계의 한계다", "말할 수 없는 것에 대해 침묵하라")를 지금까지도 좌우명처럼 가슴에 새기게 됐다.

누구나 살면서 변곡점을 경험한다. 그것은 하늘이 무

너진 것 같은 큰일일 수도, 뭐가 지나갔나 싶게 사소한 일일 수도 있다. 중요한 건 삶의 의미 있는 음표, 리듬이 된 그것을 내가 어떻게 받아들이느냐일 것이다. 그렇다면 느려터진 486컴퓨터와 영화 〈베를린 천사의 시〉가 내 삶의 변곡점인 걸까. 높은 확률의 가능성은 있지만 확실히 그렇다고는 말할 수 없다. 위의 예화는 이해하기 쉽고 설명하기 좋게 짜인 이야기일 뿐, 사실 변화는 너무 사소해서 의미를 부여하기 어려운 사건들에서 시작되는 경우가 많기 때문이다. 하지만 그때 나도 모르는 사이 내게 뭔가가 스며들었고, 내내 나를 밀고 당겨왔다고는 밝힐 수 있을 것 같다. 그리고 또 내가 알 수 없는 어떤 것이 다른 누군가에게 스며들었다. 큰누나와 남자친구는 얼마 안 가 헤어졌다.

　'스며들다'라는 단어를 좋아한다. 아카시아꽃 핀 길을 걸을 때 꽃과 햇살, 바람이 빚은 향기가 천천히 내 옷에 배어들듯이, 한 상에 둘러앉은 가족의 말투와 습관을 닮아가듯이 스며듦은 긴 시간에 걸쳐 자연스럽게 저항 없이 이루어진다. 단지 '익숙함'이라는 말로는 이 현상을 다 담아낼 수 없다. 그보다 투명하고 무의식적인 작용이기 때문이다. 나에게 무엇이 스며들었는가를 아는 일은 방금 흘린 눈물의 색을 구분하는 것만큼이나 간단치 않다. 나는 슬퍼서 흘린 눈물과 아파서 흘린 눈물, 기뻐서 흘린 눈물이 다 같은 색일 거라고 생각지 않는다.

그리고 스며듦은 뚜렷한 경계를 짓지 않는다. 어릴 때 미술 시간에 노란색과 파란색을 빠르게 섞었더니 초록색이 만들어지는 걸 보고 놀란 적이 있다. 그런데 더 신기했던 건 물감을 한 번에 섞지 않고 한지 같은 종이에 스르르 스며들게 했더니 전혀 다른 빛깔이 나온 거였다. 그 색은 그러니까, 두 색이 어울려 가닿을 수 있는 지점 어딘가에 존재할 법한 색이었다. 그 색을 뭐라 불러야 할지 지금도 적당한 이름을 찾지 못했다.

스며듦은 또한 언제나 번짐으로 이어진다. 나에게 어떤 감정이 스며들었다면 그것이 긍정적이든 부정적이든 반드시 다른 사람에게 번지게 돼 있다. 나의 의도와 무관하게 일어나는 일이다. 스며듦은 배워서 몸에 배는 것이 아니므로 결코 가르치거나 알려주는 방식으로 번지게 할수 없다. 말 배우지 않은 아이의 눈이 눈사람이 다니는 길이듯이 스며듦은 우리가 알아채지 못한 사이에 오고 예상치 못한 세계로 번져간다.

영화 〈베를린 천사의 시〉에서 천사 다미엘은 수천 년 넘게 인간들의 흥망성쇠를 지켜보다가 자신도 모르는 사이에 인간을 연민하게 된다(이 때문에 그는 다른 천사 카시엘로부터 주의를 받는다). 그가 부여받은 임무란 베를린을 거닐며 가난과 질병, 그 밖의 여러 이유로 고통스러워하는 사람들에게 이따금 위로의 손을 건네는 것이다. 언제 그랬냐는 듯 금세 마음을 회복한 사람들은 물론 그가 온 줄도 다녀간 줄도 모른다. 몇몇 아이들만 알아챌 뿐이다. 그러다 우연히 곡예사 마리온을 본 그는 한순간 얼어붙은 듯 눈을 떼지 못한다. 관심은 사랑의 첫걸음이라 했던가. 그는 마침내 모두를 사랑하는 천사의 삶을 포기하고 인간이 되어 그녀 곁에 남기로 결심한다. 수천 년 동안의 스며듦이 한 사람을 사랑하는 선택으로 번진 셈이다. 그러고 보면 나 역시 내 생에 스며든 모든 것의 총합이 아닐는지.

돌아보면 작년(2022년)은 스며들고 번지는 일에 몰두한 한 해였던 것 같다. 책을 만드는 틈틈이 수업을 하고 글을 발표하고 전시를 하고 의뢰받은 영상을 만들다보니 여느 때와 다르게 한 주가 바쁘게 돌아갔다. 변변찮은 나를 기억하고 찾아주는 이들이 있다는 건 참 고마운 일이다. 그럼에도 나는 늑장을 부리기 일쑤여서 프리랜서로 산다는 건 시간관리를 잘해야 하는 일임을 새삼 깨달은 한 해이기도 했다.

운신의 폭도 조금 더 넓어졌다. 한국작가회의에서 주관하는 지원사업에 선정되어 모슬포의 서점 어나더페이지에서 상주작가로 세 계절을 보냈다. 서점은 출판에 몸담은 이들이 자신이 만든 책을 띄워 보내는 바다다. 사람들이 책과 함께 헤엄치는 그 바다는 비록 서너 평에 불과할지라도 넓고, 깊고, 웅장한 것이다. 예전부터 서점에서 책과 문학에 관한 프로그램을 만들어보고 싶었던 나로선 마침 좋은 기회였다. 그렇지만 4월부터 10월까지 일곱 달 동안의 모든 기획을 책임져야 했기에 벅찬 감이 있었다. 매번 두 시간짜리 이야깃거리를 준비하는 것도 결코 만만한 일이 아니었다. 하지만 막상 사람들과 마주해 이야기를 나누고 나면 그간에 생긴 긴장과 피로가 금세 씻어지곤 했다.

첫 프로그램으로 열었던 〈작은마음 북클럽〉이 기억에 남는다. 스며듦과 번짐을 테마로 시도해본 첫번째 사례여서 그럴 것이다. '내향적 자유인을 위한 마음충전 독서/글쓰기'라는 부제를 붙이고 참가자를 모집했다. 제주 이주 후 사람들과 어울릴 수 있게 용기를 준 곳이 바로 서점이었기에 나처럼 작은 마음을 지닌 이들이 책을 핑계로 안심하고 모일 수 있길 바랐다.

말하자면 이름은 북클럽인데 책이 목적은 아니었다. 책을 읽은 후 각자에게 인상적이었던 부분을 발표하고 나름의 깊이 있는 분석도 곁들이는 그런 것보다는 책이 밥 냄새처럼 사람들 사이에 뭉근하게 퍼져 마음 터놓고 자신의 이야기를 꺼내보는 자리가 되었으면 했다. 그거야말로 책이 가닿을 수 있는 최고의 목적지이자 사람들이 책을 통해 나눌 수 있는 최선의 가치일 거라고 생각했다.

두 달 동안 시, 소설, 에세이를 망라해 예닐곱 권의 책을 읽었다. 멤버들은 모두 여섯 명이었는데, 책을 다 읽고 온 사람도 있고 매번 중간까지만 읽었다고 고백하는 사람도 있었다. 보통 그러면 숙제를 못 했다는 부담감에 눌려 잘 안 나오기 마련이다. 그런데 그의 출석률은 100프로에 가까웠다. 책이 모닥불이었던가. 모닥불 주위로 오는 사람은 불을 쥐려고 오는 것이 아니다. 불이 제공하는 따뜻함, 빛, 안전감, 함께 있음을 느끼기 위해 오는 것이다.

최은영 소설가의 짧은 소설집 『애쓰지 않아도』를 읽던 날이었을 것이다. 멤버 중 가장 어렸던 한 명이 고용주한테 아르바이트 급료를 받지 못하고 있다며 고민을 털어놓았다. 일을 그만두고 싶은데 돈을 받으려면 사람 구해질 때까지 더 일하라는 말에 어쩔 수 없이 계속 다니고 있다는 거였다. 『애쓰지 않아도』의 여운 때문일까. 사람들이 너도나도 용기를 불어넣어주기 시작했다. 함께 쳐들어가주자고 나서는 말들에 나도 괜히 힘이 났다.

그후 슬슬 감나무 잎이 말라갈 즈음까지 글쓰기, 사진

찍기, 오디오북 제작과 관련한 문학 프로그램을 몇 개 더 이끌었다. 대체로 만족스러웠지만 아쉬움이 없지는 않았다. 그것은 주로 지역적 특성에 기인하는데, 신청자 수가 너무 적어 시작도 하기 전에 진이 빠질 때가 있었다. 그러면 한두 명이라도 시간 내어 와준 게 어디냐고, 욕심을 내려놓지 않으면 안 됐다. 먼 마음이 서로 포개지는 데에는 시간이 걸리는 법이다.

서점 출근 마지막날, 서점 대표님의 어머니로부터 감자 한 꾸러미를 선물로 받았다. 처음엔 사양했지만 평생 땅의 마음을 읽는 농부로 살아온 그분이 내미는 감자를 받지 않을 도리가 없었다. 이제껏 한 번도 받아보지 못한 명예롭고 아름다운 퇴직금이라 생각했다. 돌아오는 길에 새삼 헤아려보니 감자들이야말로 하나하나 땅의 문자, 이야기들일 거였고, 나는 오래도록 음미할 흙냄새 나는 책 한 권을 선물받은 것이었다.

그해 여름, 친하게 지내는 예술가 김만, 클로이 작가와 또 한 가지 흥미로운 일을 벌였다. 서로에게 스며들고 번

나의 방

지는 과정을 예술을 통해 실험해보자는 거였다. 소수의 사람을 모아 우리집 마당에서 글 쓰고 그림 그리고 음악을 들으며 아담한 시간을 만들어보고 싶다는 막연한 생각이 다수가 모일 수 있는 애월의 '꽃담'이라는 공간으로 이어졌다. 말 그대로 우리집 마당과 '꽃담' 사이에서 일어날 일이라 프로젝트 이름을 〈마당과 꽃담 사이〉라고 지어놓고 기획을 발전시켰다.

몇몇 예술가들이 그러하듯이 나 역시 언어에서 이미지를 찾는 경향이 있다. 나는 가끔 시 비슷한 걸 쓰고 사진을 찍는다. 사진을 찍고 나서 시 비슷한 걸 쓸 때도 많다. 그래서 생각건대 시와 사진은 그 형식은 다르지만 둘 다 순간을 포착하고 각각의 도구로써 이미지를 창조한다는 유사점이 있다. 시선이 닿은 일부가 전체를 묘사한다는 점도 그러하다. 일부와 전체의 간극을 읽어내는 방법은 요컨대 상상력뿐일 것이다. 그래서일까. '마당과 꽃담 사이'를 발음했을 때 내게 오래 머문 것은 마당도 꽃담도 아닌, '사이'라는 단어가 주는 뉘앙스였다.

작년의 활동 중 가장 즐거웠던 일로 꼽고 싶은 〈마당과 꽃담 사이〉는 그렇게 시작됐다. '내가 나에게' '우리가 당신에게' 스며들고 번지는 일의 아름다움을 예술적으로 체험해보기 위한 프로젝트. 자기 삶을 성찰하기 위한 질문과 이야기를 재료로, 쓰고(문학) 그리고(회화) 새기며(판화) 내가 나에게 스며들고, 나와 다른 사람의 사이로 번져보는 경험을 목도하고 싶었다. 예술 창작은 어떤 것이든 한 세계를 만드는 것이다. 하지만 열세 명의 참가자들과 함께 만들어낼 세계가 어떤 모양을 띠고 있을지는 전혀 예상할 수 없었다. 이런 것은 나도 처음 해보는 것이었기 때문이다.

세 명의 이끔이가 한 회씩 프로그램을 맡기로 했으므로 나는 내 차례가 되면 실수하지 않으려고 철저히 교안을 짰다. 그러다 초반 몇 회차가 지났을 때 참가자들의 얼굴 표정을 살피다가 잠시 말문이 막혀버렸다. '아, 내가 잘못 가고 있구나' 하는 생각이 들었다. 뭔가를 어렵게 설명하고 가르치려 드는 내가 보였다. 그런 게 쓸모 있는 수업도 있지만, 여기서는 아니었다. 나도 모르게 규칙을 어긴 꼴이 되었다. 그래서 그다음부턴 더이상 '수업' 준비란 걸 하지 않았다. 그도 그럴 것이 나는 나를 드러내느라 힘을 뺄 필요가 없었다. 글 놀이를 하며 이야기 감각을 깨우는 두 시간은 그 자리에 있는 이들이 스스로 만드는 시간이 되도록 하는 게 더 유익할 터였다. 나는 이제 이야기 재료로 쓸 조약돌이나 풀잎, 나뭇가지 정도만 챙기기로 했고, '이래야 한다, 저래야 한다'라는 속박으로부터 조금 더 홀가분해졌다.

쓰고 새기는 작업은 넉 달 동안 이어졌다. 모든 시간이 다 좋았지만 그중 특히 나에게 인상적이었던 한 장면을 전하고 글을 마무리하고자 한다. 불가에 둘러앉아 장작 타는 소리를 들으며 백석의 「모닥불」을 읽던 시월의 밤이 있었다. 연극배우이자 시 쓰는 사람인 참가자 현이 더없이 중후한 목소리로 잉걸불에 시 한 편을 던져넣었다. 그가 낭독을 마쳤을 때 우리는 어느새 '헌신짝도 소똥도 닭의 깃도 더부살이 아이도 나그네도 주인도 큰 개도 강아지도' 모두 둘러앉은 그 사이에 끼어 있었다. 눈을 뜬 사람들이 물끄러미 모닥불을 바라보았다. 시를 읽으며 이렇게 한마음이 될 수 있다니. 놀라운 경험이었다.

모닥불에서 모락모락 연기가 피어올랐다. 풀냄새, 장작냄새가 연기에 스며들었다. 그 연기가 우리에게 배어들었다. 큰 개 옆에 앉은 '강아지'가 코를 킁킁거린다면 우리에게서 나는 훈훈하고 포근한 냄새에 꼬리를 흔들 것 같았다. 백석 시인이 살아 있다면 당장 편지를 써서 당신의 시를 읽으며 모닥불 감흥에 젖은 가을밤이 여기 있다고 알려주고 싶었다. 그는 분명 기뻐할 거였다.

"모닥불 잘 탄다."

누가 말했다. 시 낭독은 끝났지만 이후엔 각자의 가슴속에서 모닥불이 타오르고 있을 거였다. 물론 내 속에서도 모닥불은 피어올랐다. 나는 불을 두려워하지만 나와 사람들의 언 손 언 발을 녹여주는 이런 불이라면 괜찮았고, 좀더 오래 다정함이라는 이름으로 내게서 타오를 수 있기를 바랐다. 모닥불에 스민 얼굴들 위로 서로의 모닥불이 붉게 번지는 동안, 나는 문득 몇 년 전에 쓴 짧은 글 하나를 떠올렸다. 평범하지만 여태 잘 잊히지 않는 노을 그림 한 장에 대한 소묘였다.

"누군가 색연필로 노을을 켜자 도화지 위로 저녁이 번진다. 얼결에 마주친 듯 스치다 떠오른 듯 나의 그리움도 이같이 온다. 저무는 능선은 벌써 오래된 저녁. 천천히 걸어가 녹아들면 어느새 밥 짓는 냄새 그윽하다. 아, 고향에 계신 어머니는 식사하셨을까."

상상계로의   밤 산책

좋아하는 책 중에 『밤 산책』이 있다. 찰스 디킨스가 1859년 부터 1870년까지 런던의 산책자가 되어 쓴 산문을 모은 것이다. 디킨스 하면 『올리버 트위스트』, 『두 도시 이야기』 정도를 떠올리던 내게 이 책은 160여 년 전 도시의 밤거리를 걸었던 작가의 동행자가 되도록 부추긴다.

디킨스는 한창 불면증으로 고생했을 당시를 회상하며 이야기를 시작한다.

"만약 그때 소심하게 침대에 누워 견뎠더라면 그 상태

를 극복하는 데 오랜 시간이 걸렸을 것이다. 하지만 침대에 누웠다가도 지체없이 일어나 밖으로 나간 다음 동틀 무렵에야 피곤한 몸을 이끌고 돌아오는 적극적인 처방 덕분에 빨리 그 상태를 물리칠 수 있었다."

이런 장면은 낯설지 않다. "불을 끄고 누웠다가/ 잊어지지 않는 것이 있어/ 다시 일어났다"는 김수영 시인의 불면증(「구슬픈 육체」)처럼 나도 어쩔 수 없이 한밤에 걸어나온 적이 수없이 많다. 그때의 나는 무엇엔가 눌린 듯 답답했다. 속이 타는 것 같았다. 예전엔 이런 표현이 그저 비유인 줄 알았는데, 실제로 몸이 그렇게 된다는 걸 어느 책에서 읽었다. 화가 나면 우리 몸은 스트레스 호르몬인 아드레날린을 분비한다. 그것이 심장 박동과 혈압을 높이고 체내 산소량을 떨어뜨려 답답함, 두통 등의 증상을 유발한다. 호흡이 원활하지 않으니 체온도 정상일 때보다 높아지게 마련이다. 뇌는 이 모든 상황을 위급한 상태로 인지하고 온몸에 긴급 메시지를 전파한다. 당장 나가서 숨을 들이마시고 열을 식히라고. 그러니 상심에 빠져 있거나 분노감에 사로잡혔을 때 산책을 떠올리는 것은 생존 본능이다.

구체적으로 알 수 없는 어떤 이유로 한순간 길에 튕겨 나온 디킨스에게 그가 도착해야 할 목적지 같은 건 없다. 스치는 장소들 모두 그가 어디쯤 걷고 있는지를 가리키는 이정표일 뿐이다. 말벗해줄 동행도 없다. 산책의 이유를 찾는 것은 그 혼자 할 수 있고, 해야만 하는 일이다. 그가 활동하는 밤은 잠든 사람들이 한창 꿈의 씨방을 터뜨리고 있을 시간이다. 걸으며 스치는 노숙자, 취객, 상인, 죽은 자들, 개, 고양이, 가로등 불빛, 강물, 북적거리는 새벽시장의 사람들, 정신병동 환자들의 그림자가 그의 밤 산책에 스며든다. 그의 두 발은 밤의 수심을 재기 위해 그 스스로 떨어뜨린 추다. 그가 미끄러져 들어가는 밤의 상상계에서는 어떤 감정, 불안, 공상, 상념도 사유로서 어엿한 지위를 얻는다.

제주로 이주하고 새롭게 알게 된 게 있다. 내가 걷기를 무척 좋아한다는 것이다. 서울에 살 때에도 종종 걷기는

했지만 그사이 거리가 좀더 늘어 요즘엔 거의 매일 밤 칠 팔 킬로 정도를 걷는다. 그동안 어떻게 그렇게 잘 걷지 않고 살 수 있었나 싶게 매번 새로운 느낌을 받고 있다.

굳이 그 시간에 나가 걷는 이유는 적막하기 때문이다. 가물거리는 가로등 불빛 아래 차들의 왕래가 드물어진 길은 갖가지 망상을 떨어뜨리기에 알맞다. 멀리 한치잡이 고깃배들이 켜놓은 수백 개의 집어등도 자꾸만 고개를 두리번거리게 한다.

한밤에 걷는 사람이 되어 바라보는 세상은 단순하고 의뭉스러우며 한눈팔기에 좋다. 문태준 시인이 사는 이웃 마을로 이어지는 소로에 들어서면 나의 산책은 조금 더 가뜬해진다. 하늘은 어둡고 땅은 그보단 밝아서 별로 무섭지는 않다. 무섭기는커녕 대체로 안전감을 느낀다. 엊그제 밤에는 세상에 살아 움직이는 것이 나뿐인 듯 하얀 달과 독대했는데 자꾸 꾸짖는 듯해 움츠러들기도 했지만 견딜 만한 적막이었다.

나는 외로울 때마다 걸었다. 슬프고 화가 나서 새 사람이 되고 싶은 충동이 일 때마다 밤길을 걸었다. 그렇게 몇 개의 계절을 두 발로 건너다보니 한낮에는 하지 못했던 강렬한 체험을 할 때가 종종 있었다.

아스팔트를 기어가는 민달팽이에게 더듬이를 빌리고 싶었던 봄밤이 있었다. 차가 다니는 길을 달팽이가 겁 없이 건너려 하고 있었다. 방향을 틀어줄까 하다가 그만두었다. 매우 예민한 그 자신의 감각세포가 찾고 스스로 허락한 길이었다. 더듬이가 꼼지락하는 한 달팽이의 길은 내내 열려 있을 것이었다. 어느 여름밤엔 하수구관에서 혼자 우는 개구리의 절규를 새겨들었다. 칠흑 같은 어둠 속에 갇혀 "왜왜왜" 하고 밤을 울리는 그 소리에 낚여버렸다. 그가 나였고 그의 "왜"가 내게 던지는 질문인 것만 같았다. 다시 걷기 시작했지만 나는 벌써 질문의 구렁텅이에 내던져져 있었다. 어느 가을밤 태풍이 오기로 날엔 설레어 마중나갔다가 폭우에 흠뻑 젖어 돌아왔다. 한참을 비에 젖어 걷다보니 옷이 다 젖었다는 것조차 생각나지 않았다. 물고기가 되어 떠다니는 느낌이었고 내가 익사하지 않았다는 데 안도했다. 어느 겨울밤엔 동네의 눈사람들을 돌보러 길을 나섰다. 여러 사람들의 축하와 기뿜 속에서 태어난 눈사람은 녹아가는 동안 언제나 혼자였다. 죽음을 질병으로 보았다는 고대의 이집트인들처럼 눈사람에게 닥친 죽음을 눈이라도 덕지덕지 붙여서 치료해주고 싶었다. 그러나 햇볕에 한번 데인 눈사람은 두 번 다시 그의 처음을 회복하지 못했다.

밤에 걷다가 하늘에 빛나는 별들을 올려다보면 저멀리서 이쪽을 내다보고 있을 눈빛 하나가 깜짝거려 걸음을 멈추게 된다. 아득한 미래 혹은 먼 옛날의 눈빛일지 모를 그것이 가끔은 나에게 말을 걸기도 한다. "안녕?" 언젠가 들어본 것 같은 유리알처럼 투명한 목소리이다. "넌 혼자가 아니야. 나도 너와 함께 있어." 그래, 그렇구나. 나는 혼자가 아니라는 것을 알게 되어 기쁘다. 여기와 저기 사이에 문득 보이지 않는 선 하나가 그어진다. 파도가 바다의 메아리라면 별은 우주의 돌보는 마음을 전하는 밤의 메아리이다.

밤 산책을 할 때 나는 좀더 활기 있어진다. 마법에 걸린 듯 모든 것에 눈이 뜨이고 귀가 촉촉해진다. 거기에선 내가 감각하는 것만이 유일하게 실재한다. 나는 기꺼이 세상의 일부가 되고, 세상은 스르르 나의 일부가 된다. 습관성 감정의 궤도에서 벗어나기 위해 성큼성큼 걷다보면 어느새 지구는 나를 중심으로 공전하고 있다.

나는 밤 산책을 즐기지만 어릴 때는 밤을 무서워했다. 시골 중의 시골에 살았으므로 어둠이 깔리면 밖에 볼일 보러 나가는 게 큰 고민이었다. 참을 만큼 참다가 동생을 앞세워 화장실에 가서는, 동생이 멀리 가지 않게 계속 구슬리며 볼일을 다 보고 방으로 후다닥 들어오곤 했다. 보름달이 뜨면 그래도 좀 괜찮았는데, 언젠가 쥐불놀이하러 깡통 들고 아랫말로 달려가다 남자 귀신과 부딪힌 다음부턴 밤만 되면 가슴이 콩알만해졌다.

그런 내가 여덟 살 때 처음으로 밤 산책을 한 적이 있다. 아버지가 술을 자시고 가재를 부수며 왜장질을 치던 밤으로 기억한다. 어머니가 눈짓을 하자 저녁술을 뜨던 푸네기가 일순간 수저를 놓고 흩어졌다. 또다시 궂은 밤이 열릴 예정이었다. 그럴 때 나는 으레껏 마루 밑으로 숨어들었는데, 그날은 운이 나빴는지 아버지에게 발각되었다. 아버지가 마루 밑을 들여다보며 내 이름을 불렀다. 잠시 얼이 나가 있던 나는 아버지가 딴눈을 판 틈에 재빨리 마루 밑을 빠져나와 있는 힘껏 내달렸다. 번개라고 부르던 진돗개가 내 뒤를 따라왔다. 어디로 가야 할지 눈앞이 캄캄한 채로 집 앞의 콩밭을 가로지르고 개울을 건넜다. 너무 어두운 데까지 왔나 싶었는데 정신을 차렸을 땐 이미 논두렁에 서 있었다.

달무리에 싸인 달은 아무것도 제대로 비추지 못했다. 이 밤에 어디에 숨어 있든 나는 무서워할 거고, 어처구니없게도 무서움을 조금이라도 견디려면 그 무서움 속을 계속 걷는 수밖에 없었다. 누나들과 동생은 어디로 도망쳤을까. 그런 생각을 하며 조마조마 논두렁을 걷는데, 얼마 못 가 발을 헛딛고 말았다. 신발이 논물에 젖었고 옷이 더럽혀졌고 무릎이 까졌다. 나는 나를 추스를 생각도 잊고 울기 시작했다. 참으로 모진 밤이었다. 아픈 것보다 왜 이래야만 하는지 화가 났다. 다른 아이들도 이런 밤을 보냈는지 방학이 끝나면 물어보고 싶어졌다. 울음이 잦아들고 팔뚝과 허벅지에 찬기가 올라올 즈음이었다. 어슴

푸레한 것이 내 쪽으로 오는 기척이 느껴졌다. 번개였다. 중간쯤 따라오다 집으로 간 줄 알았던 번개가 어느새 내 앞에 나타나 손등을 핥으며 머리를 들이밀고 있었다.

거기서 멀거니 앉아 있으려니 불빛이 환한 데는 우리 집뿐이었고, 여느 집처럼 되려면 앞으로 한두 시간은 더 있어야 할 것 같았다. 나는 일어나서 대충 흙을 털고 다시 걸음을 내디뎠다. 늠름하고 빠른 개, 번개가 옆에 있어 줘서 마음이 든든했다. 원해서 하게 된 산책은 아니었지만 걷다보니 제법 기분이 괜찮아졌다. 윗말과 아랫말을 잇는 고샅에 들어서자 이제까지 한 번도 본 적 없는 밤이 서서히 얼굴을 드러냈다.

풀숲에 노란 불빛이 날아다니고 있었다. 저녁에 두엄 더미에서 몇 번 본 적 있어서 소똥을 먹고 사는 더러운 벌레쯤으로 여겼는데 전혀 아니었다. 반딧불이가 어딘가로 열심히 빛을 퍼나르는 광경을 홀려 바라보았다. 저 아름답고 꺼질 듯 깜박이는 빛들이 모이고 모여 아침이 오나보다, 생각했다. 무화과나무집을 지나면서는 말뚝에 묶인 개들이 무섭게 짖어댔다. 얌전히 곁을 지키던 번개가 겨뤄보자는 듯 으르렁거렸다. 우리가 떠난 다음에도 이따금 개들의 헛짖음이 들려왔다. 나를 겁주려는 게 아니라 자기들도 밤이 겁나서 짖는 것 같았다. 늘 듣던 귀뚜라미 소리도 낯설게 들렸다. 가만 보니 음정에 차이가 있을 뿐 장마 때 비에 젖은 전봇대가 내던 지지직 소리와 비슷했다. 젖은 손으로 귀뚜라미를 만지면 감전될 수도 있겠구나, 생각했다.

걸으면서 맞닥뜨리는 모든 것이 수수께끼가 되어 호기심을 건드리는 밤이었다. 서로 어울리지 않는 이미지들이 마구 섞이고 흐트러졌다. 까무룩 죽은 시간 같았던 밤이 한결 흥미롭게 느껴졌다. 그렇더라도 풀숲 어딘가에 뱀이 똬리를 틀고 있다는 상상만은 싫어서 어떤 곳을 지날 때는 걸음이 빨라졌다. 그렇게 동네 한 바퀴를 다 돌고 집에 돌아오자 집안이 빈집처럼 조용했다. 아버지의 코고는 소리가 마당에 괸 달빛에 스며들었다. 번개는 마루로, 나는 방으로 가 누울 자리를 찾았다. 흩어졌던 누이들이 이부자리를 깔고 자고 있었다. 그 틈에 끼어 나도 이만 자고 싶었다. 온몸이 깨나른했다.

밤 산책을 할 때 나는 예의 그 흥미로우면서 쓰렸던 첫 경험을 그대로 반복하는 것만 같다. 방법적으로 더 개선되지도 퇴행하지도 않았다. 밤이 던져준 이미지들과 내 기억을 이어 새로운 이미지를 궁구해보는 것, 예나 지금이나 그게 전부이기 때문이다.

가끔 카메라를 들고 나가는 날엔 그 이미지가 좀더 감각적으로 재현된다. 뷰파인더에 감긴 나의 밤은 뜬 눈과 감은 눈 사이에 존재하는 가상세계다. 그때 카메라에 잡히는 것은 죄다 잘못 본 것, 잘못 들은 것이지만 아무 문제도 되지 않는다. 나는 그것을 보기 위해 길을 나선 것이다. 섣불리 대상을 규정하고 의미의 한계를 지으려 하는 경험이나 지식은 결론에 이르기 위한 과정이자 재료에 불과하다. 나는 제멋대로 상상력을 발동하고, 내가 예속된 세계를 실험하기 위해 밤길을 걷는다.

생각하면 내 밤 산책에 있어 최고의 동행자는 언제나 착시와 영감이었다. 그런 걸 보고 돌아온 날은 아무리 몸이 피곤해도 잠이 잘 오지 않았다.

'무탈한 하루'를
마치며

멀리 사는 친구에게 가끔 이런 메시지를 보냅니다. "오늘은 얼마나 다정했어?" 무탈히 지내길 바라는 친구의 일상이 궁금할 때 이런 질문은 유용합니다. 저는 그가 오늘 무엇을 했고, 무엇을 못 했는지보다 어떤 너그러움 속에 있었는지를 더 알고 싶은 것입니다. 처음에 웬 낯간지러운 소리냐고 투덜투덜하던 그가 요즘엔 달라졌습니다. 누구누구에게 친절해보았는데 상대가 전혀 눈치채지 못하더라고 짧지만 성실한 답을 보내줍니다. 농담처럼 하는 소린 줄 알지만 적어도 조금은 덜 괴로운 하루였겠거니, 헤아릴 수 있습니다.

어머니께는 전화로 묻습니다. "오늘 감사 일기엔 뭐라고 쓰셨어요?" 자주 찾아뵙지 못하는 어머니의 하루를 상상하고 이해하는 데 이런 질문은 도움이 됩니다. 병을 얻은 뒤로 이전과 완전히 다른 나날을 보내시게 된 어머니께 매일 쓴다는 것은 하루 일과를 기록하는 것 이상의 의미입니다. 그것은 말과 리듬을 통해 자신을 더 들여다보는 삶의 방식이자 스스로 타이르고 변화시키는 사건과도 같습니다. 어머니가 사람에게, 사물에, 자연에 스며든 이야기가 나지막이 풀어집니다. 어제는 돌아가신 할아버지가 주신 약이 잘 듣는다며 당신의 아버지께 고마움을 느꼈다고 했습니다. 플라시보 효과일 수도 있지만 어머니가 그렇다면 그런 것입니다.

애월에서 종종 만나는 이웃 예술가에겐 차 한 잔을 앞에 두고 묻습니다. "오늘은 무얼 심으셨어요?" 그림 그리며 꽃밭을 가꾸는 그이의 안부를 묻는 방법으로 이런 질문은 적절합니다. 어려서 부모 대신 동생들을 돌보고 결혼한 후에도 생계를 꾸리기 위해 갖은 일을 해온 이웃의 사연을 저는 들어 알고 있습니다. 다른 삶으로 망명하듯 떠나온 새로운 일상에는 그이가 가장 좋아하는 것들이 있습니다. 몇 움큼씩 꽃씨를 뿌리며 저녁 산책을 한 이야기가 눈앞에 그려집니다. 전봇대 아래, 돌담 아래, 빈집과 빈집 사이로 뿌려진 꽃씨가 빗물에 스며들 때 이웃과 저의 상상도 그곳으로 함께 번집니다.

　저는 자주 궁금합니다. 오늘 당신의 하루는 무슨 색이었습니까? 어떤 향기가 났습니까? 어릴 때처럼 뭔가가 궁금했던 순간이 있었습니까? 무엇을 잃었고 무엇을 얻었나요? 오늘 마음의 마당에는 어떤 꽃이 피어 있었습니까? 무엇에 스며들고 번졌나요? 나에게, 타인에게 얼마나 다정했습니까?

　이 책에 실린 글들은 모두 이런 질문들에서 비롯했던 것 같습니다. 나를 괴롭히는 것들과 작별하기 위해, 평안함의 활력을 얻고자 쓰기 시작한 것이 가족, 친구, 이웃 등의 삶의 방식을 살피는 것으로 이어졌습니다. '좀더 다정하고 용기 있게 살 수는 없을까?' 고민하는 사이 저는 조금 더 그런 사람이 된 것 같은 기분을 느꼈습니다.

무탈하지 않은 오늘을 견디고 살아가는 데 연습장이 되어준 지난날들에 고마움을 전합니다. 복잡한 마음도 있습니다만, 어쨌든 인생이 내어준 후의라고 생각합니다. 이 책을 읽어주신 여러분께도 감사의 말씀을 드립니다. 삶의 다정함, 상상력, 내재율의 순간들을 발견하며 자신만의 무탈한 하루에 이를 수 있기를 소망합니다.

2023년 11월

강건모

무탈한 하루
다정하게 스며들고 번지는 것에 대하여

초판 1쇄 인쇄 2023년 11월 21일
초판 1쇄 발행 2023년 12월 1일

지은이 강건모

편집 이희연 이고호 정소리 | 디자인 윤종윤 | 마케팅 김선진 배희주
브랜딩 함유지 함근아 고보미 박민재 김희숙 박다솔 조다현 정승민 배진성
저작권 박지영 형소진 최은진 서연주 오서영
제작 강신은 김동욱 이순호 | 제작처 영신사

펴낸곳 (주)교유당 | 펴낸이 신정민
출판등록 2019년 5월 24일 제406-2019-000052호

주소 10881 경기도 파주시 회동길 210
전화 031-955-8891(마케팅) | 031-955-2680(편집) | 031-955-8855(팩스)
전자우편 gyoyudang@munhak.com

인스타그램 @gyoyu_books | 트위터 @gyoyu_book | 페이스북 @gyoyubooks

ISBN 979-11-92968-64-3 03810

이 책은 제주특별자치도와 제주문화예술재단의
2023년도 제주문화예술지원사업 후원을 받아 제작되었습니다.